タァタとバァバのたんけんたい

1

小林玲子・作　牧野照美・絵

れんが書房新社

タァタとバァバのたんけんたい　1　もくじ

セミセミばしご

たくさんの木にかこまれた古い家にタァタのバァバは住《す》んでいました。

タァタが遊《あそ》びに行くと、バァバはいいます。

「さて、きょうはなんに会えるかしら」

タァタは黄色のぼうし。バァバはピンクのぼうし。バァバが大きめのポシェットをぶらさげると、たんけんたいのできあがり。

「きょうのお日さま元気だね」

「つゆの晴れまはぴっかぴか。タァタのほっぺもぴっかぴか」

♪たんけんたい、たんけんたい。タァタとバァバのたんけんたい
ふたりは手をふり、足を高くあげて、歌いながら庭《にわ》の中をあるきます。

ときどき立ちどまって、バァバは耳に手をかざし、タァタは小さい手をまるめて目にあてます。そうがんきょうであたりをていさつするためです。

「ほら、おきゃくさま発見《はっけん》!」

バァバがケヤキの枝《えだ》をゆびさします。

「どこどこ」

タァタのそうがんきょうがぐるぐるまわっているうちに、ピーピーと鳴いて小鳥はとんでいってしまいました。

「あらあらざんねん、お帰《かえ》りね」

♪たんけんたい、たんけんたい。タァタとバァバのたんけんたい
ふたりはまた歌いながら庭のおくにすすみます。きのうまでの雨で木や草の色がまし、しめった土のにおいがしました。

「あれ、バァバ、あれなァに」

うえこみの中で黒いかげが走りました。

「そらっ、たんけんたい、たんけんたい」

ふたりはそっとちかづきます。黒いかげは、イチョウの太《ふと》いみきのうしろに消《き》えました。

「それっ」「まてェ」

木のうしろにまわったとたん、

「あっあぁっ」「ひゃあ！」

ふわりと足をとられて、ふたりはズルズルッとあなの中へすいこまれていきました。

ドスン、ドッシーン、タァタとバァバはねそべるようにかさなってとまりました。しりもちをついたまま、バァバはポシェットからペンライトをひっぱりだしました。タァタはバァバのうわぎのすそをつかんでいます。

ライトでてらすと、あなのかべにまた一つよこあながあります。バァバはそっと中をのぞきこみました。

「なにかいるわ」

バァバがすこしふるえながらいいました。

シェビシェン、シェビシェン、へんな音がして、茶色のテラテラした顔が出てきました。

『うるさいなァ、ひるねのじゃまするなよ』

「あ、あんた、だ、だァれ?」

タァタの手をにぎりしめてバァバが聞きました。

『ふん、おれさまを知らないってか? めがねをかけてよく見ろよ、バァさん』

「セ、セミの、ようちゅう、さん?」

『そうさ、六年も土の中にいて、たいがいうんざりしてたとこさ。あそんでいくかい』

「け、けっこうですわ。タァタとたんけん中で、いそがしいの」

「セミさんって、あの、木にとまって、ギーギーミンミン鳴いて、おしっこかけるセミ?」

タァタも小さいこえでききました。

『そうさ。卵《たまご》で一年、土にもぐって六年、やっとこさ、外に出られるクマゼミさまさ』

「それにしてもセミさん、タァタの半分《はんぶん》くらいはあるもの、へんじゃない？」

『へっ、こっちがききたいや。人間《にんげん》がどうしてセミのあなの中に入れるんだい？』

「えっ、ああ、ああ、タァタとバァバ、虫になっちゃったの……」

バァバはへたへたとすわりこみました。

「バァバ、バァバ、おうちへ帰りたい」

タァタはバァバをゆすりました。

「ええ帰りましょ。セミさん、つゆがあけたら、また外であいましょうね。さァさァ」

バァバはタァタをかかえるようにして、あなのかべをよじのぼりだしました。あなはじめじめして、手や足がすべってしまいます。

『おおい、みんなァ、出てこいよ』

セミがおくにむかってさけびました。

シェビシェン、シェビシェン、ザリザリザリ、たくさんの足音がきこえてきました。

「タァタ、いそいで、早くにげるのよ」

ふたりは外に出ようともがきます。

『まあまてよ。はしごささえてやるからさ』

十ぴきほどセミのようちゅうが出てきて、つぎつぎに手と足をつないで、上へ上へとのぼっていきます。

『さあはしごだ、早くのぼりな』

「あ、ありがとう、ごおんはいっしょう……」

『この庭じゃよくせわになったよ。根っこのしるがうまくってさ。また外であおうぜ』

セミはジャッジャッとわらいました。

タァタとバァバは、つるつるのせなかやギザギザの手にしがみつきながらのぼります。はしごはゆれて、セビセビと音がしました。

きづくと、ふたりはイチョウの木の下に立っていました。バァバは落葉《おちば》の中に手をつっこみました。さっきのぁなは見つかりません。

「きょうのたんけんたいはおしまいね」

♪たんけんたい、たんけんたい。

タァタとバァバのたんけんたい

ふたりは早く夏がくるといいな、と思いながら家に帰っていきました。

にじのプラレール

「よくふるわねェ」

バァバは、ピンクのぼうしをまるめたりのばしたりしながら、窓《まど》の外を眺《なが》めています。

タァタは、プラレールを組み立てながら、

「かさをさしていけばお庭《にわ》のたんけんできるよ」

「きょうはむりよ、空がまっくらだもの。雷《かみなり》さまが鳴《な》るかもしれない」

「バァバは、地しん、雷、火事、ゴキブリが大の大のにがてだもんね」

雨がつよくなりました。きかん車トーマスの走る音が聞こえないくらいです。

タァタは、オレンジ色の電車《でんしゃ》や、新幹線《しんかんせん》のぞみ号もレールに乗《の》せました。

♪ギュワーン、ギュワーン走る　青い光のちょう特急《とっきゅう》、時そく二百五十キロ……

部屋《へや》いっぱいにうずをまいているプラレールの上で、きかん車たちがおっかけっこをはじめました。お気に入りのトーマスは、ゆうびん車やかちく車やコンテナ車などを引っぱっているのでたいへんです。

「トーマス、新幹線にまけるなァ」

だっ線したりトンネルに引っかかったり、鉄橋《てっきょう》からころげ落ちそうになったり大さわぎ。

バァバもいっしょに歌います。

♪今は山なか　今は浜《はま》　今は鉄橋わたるぞと

♪きしゃきしゃ　ポッポ　ポッポ　シュッポシュッポ　シュッポポッポ　きてきを鳴らし
いつのまにか、タァタとバァバは、トーマスの引く客車《きゃくしゃ》に乗って歌っていました。

「バァバ、トーマスは空を走ってるよ。ほら、おうちがちっちゃくなっていく……」

「あらあら雨が下の方でふってるわ。あれっ、なんにも見えなくなっちゃった。雲の中よ」

「わァ、明るくなったァ。トーマスがとまったよ」

「お日さまがまぶしいこと。窓の外を見てごらん、雲の上にいるのよ」

「あっ、むこうからだれか来るよ」

「かわいい子どもたちねェ。タァタみたい」

赤や黄や、緑《みどり》や紫《むらさき》のパンツをはいた子どもたちが、わいわいさわぎながら窓ガラスに顔をくっつけてこちらを見ています。

「こんにちは、あなたたちだァれ」

バァバが窓を開けると、ひょいひょいひゅるるっとみんながとびこんできました。

『ぼくら雷っこ、ドンドン、ピィヒャラ、鳴らしてあそぶの』

いっせいに手を高く上げて、持っていたふえやたいこを鳴らしはじめました。

「バァバ、雷さまの子ども、ってこと?」

「うーんそうかもしれないわ。でも、いい子たちのようだし……」

「ぼく、雲の上をたんけんしたいなァ」

小さい声でいうと、赤いパンツの子が、すぐタァタの手をとりました。

『おいでよ、みんなであそぼう』

ふたりは雷っこにおされて外に出ました。ふわふわの雲の上を歩くと、タァタのからだはトランポリンであそんでいるみたい。ふとめのバァバは、浮《う》いたり、しずんだり。よっこらしょ

どっこいしょ、と大さわぎ。

雷っこたちが輪《わ》になって『ドドドンわァい』といいながら雲にもぐって見えなくなりました。びっくりしていると『ゴロゴロそらっ』と声がして、輪になって雲の中から出てきました。

「ああびっくりした。下におちない?」

『へいきへいき、ほら、このあなからのぞいて見ててよ』

緑のパンツの子が、雲にすぽっと手を入れてあなをあけました。

♪たんけんたい、たんけんたい。

タァタとバァバのたんけんたい
ふたりが歌いながらのぞくと、『ドドドンわァい』と声がして、手をつないだ雷っこたちが、雲の下でブランコみたいにぶら下がり『ゴロゴロそらっ』というかけ声でするすると雲の上にもどります。

タァタとバァバは、ブランコができるたびに、手をたたきました。

雷っこたちが、たいこやふえを鳴らすと、雲の下は雨がつよくなります。そのうちにまわりの雲が遠くへ流れていって、下の方の海や山や町が見えるようになりました。

シャッ、シャッ、ポッポー、トーマスのきてきが聞こえました。

「あらトーマスが呼《よ》んでる。帰らなくっちゃ。ありがとう、たのしかったわ」

「ぼく、またあそびにくるよ」

タァタとバァバを乗せたトーマスは、雷っこにあいさつするように、ピーッ、ピピーッときてきを鳴らしました。

雷っこたちが輪になって「えいっ」と雲の中に消えると、ぽかりと、大きなあながあいて、にじ色をしたプラレールがするすると、下に長くのびました。

トーマスは、シュッポーときてきを鳴らしながら、雲のトンネルをぬけていきます。

ふたりは雲にむかって手をふりつづけました。雲の上からは、いつまでもドンドン、ピィヒャラと歌うような音が聞こえていました。

「バァバは雷さまのこと、もうにがてじゃないでしょ？」

タァタは黄色のぼうしにいっぱいもらったふわふわの雲に、はなをつっこみながら聞きました。

バァバもピンクのぼうしの中の雲をぽっぺにつけて、フフフとわらいました。

砂《すな》の海で泳《およ》いだの

　お日さまが、やけつくように元気な日、タァタは海水浴《かいすいよく》に来ました。

　海の中にも砂浜《すなはま》にもいっぱい人がいて、ビーチバレーをしたり、ねころがって体を焼《や》いたり、色とりどりのビーチパラソルの下で、ソフトクリームやスイカを食べたりしています。とおくの方にヨットも走っていました。

「さあ泳《およ》ぐよ」

　タァタはパパと海に入りました。うきわにつかまってパチャパチャ足を動《うご》かすと、魚になったみたいです。

「ぼく、ラッコになりたい」

　パパにささえられて、タァタはうきわの上であおむけになって、胸《むね》をトントンたたきました。

「こんどはトビウオ！」

　海の中でとび上がってみましたが、頭がちょっと出ただけでこれは大しっぱい。

「タァタ、砂山《すなやま》つくりましょ」

　バァバがピンクのリボンのついた麦わらぼうしをふっています。

　パパとママがせなかを干している横《よこ》で、タァタとバァバは砂のお山を作りました。山の上にいろいろなもようの貝をかざると、花の咲いたお山になりました。トンネルをあけると、

「バァバ、そっちからのぞいてみて」

タァタもはんたいがわからトンネルに頭をつっこみました。バァバの丸い鼻《はな》が見えたとたん、バラバラザザッと砂がくずれて、タァタの頭に落ちてきました。

「わっ、ザラザラ！」

タァタが首をあげようとしたとき、

「たすけてェ」

バァバが目の前の砂の中でもがいています。タァタの体も砂の中にうまっていました。

「バァバ、砂の海で泳いでるみたい」

もがいても上に出られません。だんだん体がしずんでいくみたいです。

「どうしましょう。ここはトンネルの中かしら、早く出なくちゃ」

くらい中で目をこらすと、たくさんの小さな生きものがヒョイヒョイ動いています。

「あら、シオマネキのカニさんだわ」

カニは、かたほうだけ大きくなって

いるハサミを、上げたり下げたりしています。

タァタの鼻さきでおどっているシオマネキが口をききました。

『あなの上に山ができちゃって、外に出られなくて、みんな困《こま》ってんだよ』

その横のシオマネキもとび上がりながらいいます。

『ずいぶん、しおがみちてきたから、じきにこの山も流れてしまうわ。そら、みんなで波《なみ》を呼びましょう。ワッショイワッショイ』

かけ声に合わせてカニたちは、いっせいに大きなハサミをヒョコヒョコ動かします。

ハサミはシャベルみたいになっていて、砂をすくっては運《はこ》んでいるカニもいます。みなしんけんで、プツプツあわをふきながら、せっせとハサミをふっています。

「大きなお山つくっちゃって、ごめい

わくをおかけしたのね」

バァバがすまなさそうにあやまりました。そのとき、ザザアッ、ザザアッ、と音がして波がおしよせました。

「わっ、おぼれるよう」

ふたりがさけんだとき、ズブズブッと音を立てながら、砂が流れていきました。いっしょにながされていくカニもいます。タァタとバァバはあわててうでをひろげて、ひっしにカニたちをかかえこみました。

『だいじょうぶ、ぼくたちなれてるから』

シオマネキはハサミをふって笑《わら》いました。

深《ふか》かった砂が流れてしまうと、急にお日さまの光がさして海が見えました。タァタとバァバは砂の上にはらばいになって、顔をくっつけてねそべっていました。

ふたりとも顔じゅう砂だらけ。

横で、パパとママは、のんびりせなかぼしをしています。

あたりにちらばっている貝を、ぼうしの中にひろいながら、バァバがいいました。

「砂の中をたんけんできたわね」

♪たんけんたい、たんけんたい。タァタとバァバのたんけんたい
ふたりはジャリジャリする口をあけて歌いながら、顔を見合わせて笑いました。

秋のお仕事《しごと》みいつけた

♪ちいさい秋　ちいさい秋　ちいさい秋　みつけた
草とりをしながらバァバが歌っています。

「ちいさい秋ってなぁに」

タァタがえんがわに出て来ました。

「ほら、サンショの実《み》が赤くなってきたし、フヨウの花にかわいい坊やがついてるわ」

タァタはズックをはいて庭《にわ》におりました。

「ね、タァタもサンダルからズックになった」

バァバの麦わらぼうしも、ピンクのリボンが日やけしてつかれたように見えます。

「ふうん、そういうことかァ」

タァタは青い空を見上げました。

「あっ、トンボだ」

トンボはツーイ、ツーイ、空を泳《およ》いでいます。タァタは手をそっとのばしてつかまえようとしましたが、ツイッと逃げて行きました。

「バァバ、ちいさい秋のたんけんしよう」

「ええ、ええ、それがいいわ」

バァバは腰《こし》をさすりながら立ち上がりました。

♪たんけんたい、たんけんたい。

　タァタとバァバのたんけんたい
ふたりは歌いながら植《う》えこみの中に
入って行きました。木の下は落葉《おちば》がつもってカサカサ音を立てます。

「うーん、秋のにおいね」

「セミが死んでる」

　木の下や落葉の上に、セミがオレンジのおなかを上にしてころがっています。

「セミさんの夏も終わったのね」

　タァタとバァバは、四つ五つとセミをひろうと落葉の下にうめました。

「セミも木の葉といっしょに土にかえって、木のえいようになるわ。その木の汁でセミの子どもたちが育《そだ》つのよ」

「ちいさい秋の大きなお仕事《しごと》だね」

「あらタァタ、うまいことというわね」

　バァバはタァタの頭をなでました。

　大きな木の下には、夏のころ咲いていた花が散《ち》って、かわいい実《み》がつきはじめています。

「ほら、みどりのホウズキがいっぱいあるよ」

「それはフウセンカズラっていうのよ」

「見て見てっ、つるがどんどんのびていく」

「まあっ、空にのぼっていくわ」

フウセンカズラのつるは、かわいいちょうちんをいくつもぶら下げて、地面《じめん》からわくように
どんどんのびていきます。

そのうちにパチン、ピチン、プチンと、はじける音が空から降《ふ》ってきて、フウセンの中から
まんまるな頭をした小人《こびと》たちがのぞいて、さわぎながら空にのぼっていきます。

『タァタとバァバも早くつるにつかまって』

だれかがさけびました。思わずつるに手をかけると、タァタとバァバはつるにぶら下がった
まま空にもち上げられていきました。

『早く、そのフウセンの中に入って』

タァタはスポンとフウセンにとびこみました。バァバもドッポンと中に入りました。

「どこまで行くのォ」

バァバがさけんでいます。

『ボクら十五夜《じゅうごや》の前には、いつもお月さままで行って、おそうじしてくるんだよ』

「あら、明日《あした》はお月見だったわね」

「ぼく知ってるよ。チュウシュウのメイゲツでしょ」

タァタは、去年《きょねん》のお月見に、みんなでおいもの形のおだんごを食べながら、まんまるい大き
なお月さまに、手を合わせたのを思い出しました。

気づくと、空に浮かんだ大きな銀色《ぎんいろ》の玉につるがくるくるとまきついて、フウセンの中から

体をのり出すようにして、数えきれないほどたくさんの小人たちが、せっせとおそうじをはじめていました。

タァタとバァバもガラスをみがくように ハアハアいきをふきかけて、鏡《かがみ》のようなお月さまをみがきました。

『いつも少しくもりがのこって、かげができちゃうんだよね』

小人が汗《あせ》をふきながら口をとがらせました。

『明日はお天気になるよ。お日さまがピカピカの鏡にうつって、すてきなお月見になるさ』

べつの小人がにこにこしていいました。

「おそうじがすんだら早く帰らなきゃ。すすきやおだんごおそなえして、お月見のしたくしなくちゃならないから」

「バァバ、ちいさい秋の大きなお仕事、またみいつけた！　だよね」

タァタも楽しそうにキュッキュッとお月さまをみがきました。

秋むし音楽会《おんがくかい》

「イチニサンシ、ニイニサンシ」

タァタとバァバは庭《にわ》でたいそうをしています。さわやかな風が、ふたりの汗《あせ》をぬぐって吹《ふ》きぬけました。うでを高く上げたバァバが空を見上げたままいいました。

「ああなんていいきもち、雲がひとつもないわ」

「バァバこの空、青いカンテンヨウカンだね」

「フフフほんと、おいしそう！」

ひときれふたきれカンテンヨウカンが落ちてくるような気がして、ふたりは口をあけたまま空を見上げていました。すると、あちこちから、ピーピーピールルと鳥の鳴《な》き声にまじって、コロコロ、ギーギー、スイッチョ、カチャカチャと虫の声がふってきました。

「たくさんいるね」

「昼まっからにぎやかだこと」

ふたりはにやっと顔を見合わせて手を上げ、

「タァタとバァバのたんけんたい、しゅっぱつ！」といいながら歩きだしました。

植《う》えこみの中は、光の入るところやかげになっているところなどいろいろです。

「ほら、リーンリーン、スズムシでしょ」

「あれウマオイが鳴いている。ジッチョジッチョっていってるでしょ。夜はもっといい声でス

イーチョンって鳴くのよ」

ふたりがいろんな虫の声に耳をすませていると、ギシ、ギシ、ギギギと、ガラスをこするような音が聞こえてきました。ギーッギーッ、ギリギリ、なんだか苦しそうです。

「バァバ、へんな音だね」

「そうね、なんという虫かしら」

「ほらほら、たんけんたいの出番《でばん》でしょ」

タァタがバァバのポシェットをたたくと、バァバは、そうがんきょうと虫メガネをひっぱりだしました。

虫メガネで庭石《にわいし》のかげをのぞいたタァタが「カメンライダーだァ」とさけびました。

はなれたところからそうがんきょうでのぞいたバァバが笑いました。

「エンマコオロギさんよ。あらァ、あそこの草むらにいるキリギリス、ようすがへんだわ」

歩きだしたバァバにタァタもついていきます。日だまりの草の中にはきれいなみどり色のキリギリスがたくさんいました。

細いひげをピクピク動《うご》かしているもの、大きな足で草から草にとびうつっているもの、そのかがやくようなみどり色の羽には黒いテンテンもようがついてきれいです。

その中の一ぴきが、いっしょうけんめい羽をすりあわせています。

ギッギッ、ギギギ
「あんたね、へんな音だしてたの」

バァバがしゃがみこんで話しかけました。キリギリスは羽をピリッとふるわせると、

『あのね、ぼくの羽、くっついちゃったの』

タァタとバァバはのぞきこみました。

「ああほんとだ、前羽《まえばね》と後羽《うしろばね》がくっついてる」

「これじゃいい音でないわ、ちょっとまってて」

バァバはポシェットから小さなヤスリをとりだしました。タァタも虫メガネをかざして、バァバがよく見えるようにしました。

ギギギ、バァバはそっとヤスリを羽と羽の間に入れてこすりました。

「とれたァ」

『ああ、かるくなったなァ、ありがとう』

キリギリスはふわっふわっと羽をひろげ、細いひげをゆらしながら頭をなんども下げておれいをいいました。

「早く音をだしてみて」

タァタがいうと、キリギリスはピンとのばした左羽《ひだりばね》と右羽《みぎばね》をこすりあわせました。

ギギギース、チョンギース
歌うようないい音です。

「すてきな声よ」

バァバは汗をふきながら、うっとりいいました。

『おれいにみんなで音楽会《おんがくかい》だ！』

あちこちの草むらから虫たちがいっせいに鳴きだしました。

歌声《うたごえ》は、葉っぱをゆらし、木々の間から高く高くのぼって、ツルッとおいしそうな青いカンテンヨウカンの空にとけこんでいきます。

「おなかすいたァ」

「おやつにしましょ」

空を見あげたタァタとバァバは、れいぞうこに入ったヨウカンを思い出しながら、家に帰っていきました。

どんぐりころころ

「もうすぐ冬ねえ、おセンチになっちゃう」

「バァバ、おセンチってなあに?」

「かれ葉《は》がどんどんつもったり、風がつめたくなったりすると、なんだかさみしいでしょ」

「ああそういうことかァ。じゃあぼくが、おセンチをはくの手伝《てつだ》ってあげるよ」

ふたりは庭《にわ》のそうじをはじめました。

赤や黄色の葉にまじって、いろんなどんぐりが落ちています。

「とんがり頭はコナラでしょ。みどりはミズナラ、ぺちゃんこさんはウバメガシよ。セーター着《き》てるのはカシワのどんぐり」

「バァバ、どんぐりはかせだね」

「このイチイガシの実《み》は、いって食べられる」

バァバのおセンチは、どうやら「ショクヨクの秋」にかわりました。タァタのポケットも、どんぐりでいっぱいになりました。いっしょうけんめい庭そうじをしたので、ふたりは汗《あせ》もいっぱいかきました。

「ああいいきもち。体を動《うご》かすって、ほんとにいいものね」

山のようになった落葉《おちば》にタァタがとびのりました。

「ふわふわだァ」

「ああいいにおい」

ふたりは葉っぱの中にねころがりました。

『おすなよ』『きゅうくつだなぁ』『早くここから出なくっちゃ』『おおい、出してよォ』

「バァバなにかいった?」

「タァタこそ、ぶつくさいって」

「……!?」

ふたりはいっしょにとびおきました。声はタァタのポケットからきこえてきます。

『運動会《うんどうかい》におくれちゃう。早く出してよォ』

タァタがバラバラとどんぐりを出すと、どんぐりたちはいっせいに走り出しました。

「まってよ、どこにいくの」

『あの山でコロコロきょうそうするんだよ』

見ると、庭のおくのふわふわとこけ

の生《は》えた山のてっぺんがざわざわしています。

「バァバ、たんけんたい、たんけんたい」

ふたりはどんぐりについて走ります。

たくさんのどんぐりが、おしあいへしあい山をのぼって、てっぺんにならびました。

『よおい、どん、ぐりっ』

ころころ、つるつる、ころりころり
『おっとっと、ごめんよ』『おすなって』『上にのるなよ』『かまってられないさ』

ころころ、つるつる、ころりころり
ながぼそどんぐり、まあるいどんぐり、青いの茶色の、ぴかぴかの、つるつるの。

ころころ、つるつる、ころりころり
タァタもバァバもごろごろごろ。

「どんぐりさんて、せいくらべするんじゃなくて、ころがりきょうそうするのね」

ころがりながらバァバがききました。

『せいくらべなんてできないよ。長いのやぺちゃんこのや、みんなそれぞれだもの』

たくさんのどんぐりがころがるので、山がざわざわ動いて、下に流れていくみたいです。

遠《とお》くにころがって見えなくなるどんぐりもいれば、日当《ひあ》たりのいい場所《ばしょ》を見つけると、えいっと力いっぱいとび上がって、そこに落ちていくのもいます。しっぱいすると、またもどってころがりなおしです。みんなしんけんでした。

「おもしろいね」

「たのしいわ」

タァタとバァバも、ふわふわのこけにはじかれるようにころがるのがたのしくて、なんども、

のぼりなおしてあそびました。

そのうちだんだん、どんぐりの数《かず》がへっていきました。気に入った場所に、どんどんもぐりこんでいくようです。

「どんぐりさんは、たねだから、土に入ってまた芽《め》を出すのね」

「ころがりきょうそうは、おわかれのおまつりなの？」

「そうね。元気に芽を出すためのおまつりかもよ」

「おもしろかったね」

「ちょっと、腰《こし》がいたいけどね」

タァタとバァバは、まだころがりつづけるどんぐりたちにさよならをすると、からっぽのおなかをたたきながら、おうちに帰っていきました。

チリリン、ベルをならして

「バァバ、見て見て、ぼく自転車《じてんしゃ》にのれるよ」
このあいだまで、キコキコ三輪車《さんりんしゃ》をこいでいたタァタでした。
「あらまあ、じょうずにのれるのねェ」
バァバは手をたたいてうれしそうです。
うしろに小さいほじょ輪《りん》がついていますが、ピッカピカの青い自転車です。チリリン　チリリンとベルの音をはずませて、タァタは、庭《にわ》の中をぐるぐるまわりました。
♪チリリン　チリリン　とベルが鳴《な》る
チリリン　チリリン　とベルが鳴る
ペダルをふんで　なかよしこよし
タァタ　ハイハイハイ
バァバ　ハイハイハイ
バァバは昔の歌を歌います。
タァタもいっしょに歌います。
♪チリリン　チリリン　とベルが鳴る
チリリン、チリリン、タァタのベルに合わせるように、どこからかきれいなベルの音が聞《き》こえてきました。

「あら、だれかさんも自転車にのっているわね」

タァタが自転車をとめました。

チリリン、チリリン
「ほんとだ。ぼく鳴らしてないよ」

チリリン、チリリン。ベルの音は空の方から聞こえてきます。

「あっ、あんなところに、だれかがとんでる」

「まあ、まあ、まあ」

バァバがあわててポシェットからそうがんきょうをとりだしました。

「あらあら、見て見て」

「あっ、あれサンタさんだ！」

「やっぱり？　今日はクリスマスイブよ。サンタさんがやってきたのね」

「わァい、サンタさァん」

タァタは自転車にとびのって、思いっきりベルを鳴らしました。

チリリリリーン、チリリリリーン
すると空からも、チリリーン、チリ

リーンとベルの音がふってきて、みるみるうちに、トナカイのひくソリにのったサンタさんが、庭におりてきました。

「こんにちは、ぼくタァタです」

『やあ、タァタくん。ベルの音が聞こえたから、おりてきたんだよ』

「サンタさんどこへいくの？」

『ばんまでに、いろんな町をまわらなくっちゃならないんでね、大いそがしさ』

「みんなにプレゼントくばるんでしょ」

『そうだよ。わたしたちにはなかまがたくさんいてね、それぞれやくめがちがうんだ』

「おじさんは、どんなことをするの？」

『わたしは、からだの不自由《ふじゆう》な子や、病気《びょうき》でねている子のところへ行くんだよ』

「ぼくの友だちのゆうたくんは、ぜんそくがひどくなって、ねてるの。たずねてください」

サンタさんはノートを出してしらべます。

『ああ、下の町の子だね。だいじょうぶ。ゆうたくんには、タァタくんと同じような自転車をプレゼントすることになってる。外で走りまわれば、ぜんそくなんかふっとぶさ』

「ほんと？　わあい、ぼくゆうたくんに自転車ののり方をおしえてあげるよ」

『そうだ、まりちゃんって子、しってるかい。このちかくなんだが、みつからないんだ』

「あら、まりちゃんなら、けがをして入院《にゅういん》してますよ」

『ああ、この病院《びょういん》には、十人も入院している』

サンタさんはノートを見ながら、しんぱいそうにいいました。

「わたしたち、なにかおてつだいすることとありますかしら？」

バァバがノートをのぞきこみながらいいました。

「ぼくもおてつだいしたい」

『じゃあ、おねがいするかな』

「おねがいして、して！」

サンタさんからプレゼントを十個《じゅっこ》あずかったタァタとバァバは、町はずれの病院に向かって自転車にのって出発です。

♪チリリン　チリリン　とベルが鳴る
チリリン　チリリン　とベルが鳴る
サンタさん　ハイハイハイ
またきてね　ハイハイハイ

ふたりは空に向かって手をふりながら走ります。サンタさんにもらった赤いぼうしとマフラーがあったかです。

チリリン、チリリン

空からベルの音がふってきて、遠《とお》くへ消《き》えていきました。

たべるのは、おもち

「バァバ、あけましておめでとうございます」

「おめでとう、タァタ。あら、きょうは、ちょうネクタイで、すてきね」

「二〇〇一年一月一日は二十一せいきのはじまりだよ」

「まあ、園《えん》の先生《せんせい》におしえていただいたのね」

「ねえ、二十一せいきってどういうこと？」

「一〇〇年ごとに一世紀《せいき》ってかぞえるから、二〇〇一年は二十一回目の世紀になるのよ。さあさあ、今年のカレンダーの表紙《ひょうし》をとるのを手伝ってちょうだいな」

「わあ、新しいカレンダーが五個《ごこ》もあるよ」

どの表紙にも二〇〇一年の文字がおどっています。タァタはビリビリビリと、ていねいにはがしていきます。一月と二月が一枚になっているもの。一月だけのもの、いろいろです。

「わぁきれい」「あら、かわいい」ふたりはむちゅうになってカレンダーをひろげます。

「バァバ、このカレンダーには、今年がぜんぶつまっているんだね」

「そうよ、二日の日づけはあしたでしょ。そのつぎがあさって、そのつぎがしあさって」

「ふうん、ぼくのたんじょう日は、と、八月二十五日だから、あっここだ。やったァ、土よう日だ。パパのおやすみの日だもんね」

「ほら、この花ごよみで、たんじょう花をしらべてみたら」

「シシウドってかいてあるよ。バァバ、これなんてよむの?」

「セリ科《か》で、けんこうびですって。元気な子ってことよ。タァタ、そのとおりねェ」

バァバはタァタの頭をなでました。

「バァバのも見て。八月十一日よ」

「オモダカってかいてある。かわいい花だね」

「ひめたるぼじょう、か。フフ合ってるわね」

「バァバ、それってそんなにうれしいこと?」

「まあね。こうけつってかいてあるし、清《きよ》く正しく生きなくっちゃね」

バァバはこぶしをつくって、タァタの前でのびをしました。

「パパとママの花も見つけてあげよう」

タァタはバァバのポシェットから虫めがねをとり出しました。

「まあまあ、カレンダーのたんけんた

いね」

「パパは四月十日生まれでしょ。ヤマザクラだって。バラのなかまで、あなたにほほえむってかいてあるけど、どういうこと?」

「パパはにこにこしてて、やさしいでしょ」

「ママは四月七日だよ。オドリコソウだって。シソ科ってかいてある。これよんで」

「かいかつ、ようき、ね。なるほどあってる」

「どういういみ?」

「明るく元気ってことよ。ママは小さいころ、気げんよく歌ばかり歌ってたわ」

「みんな元気ってことだねえ」

「ほんと、けっこうなことだわ」

バァバは、去年《きょねん》のカレンダーをはずして、新しいのととりかえました。去年のカレンダーは、一枚だけで、ひらひらとなびきました。

「おしまいの一枚だけってさみしそうね」

「ねえバァバ、日にちっておわるとどこへ行っちゃうのかなあ」

「ええ!? タァタむずかしいことをいうのね」

「今年のカレンダーは、まだ今年がぜんぶつまってて、去年のカレンダーはみんなどっかへ消《き》えちゃったんでしょ」

「まあそうだけど、一日がたつたびに、タァタはすこしずつ大きくなって、いろんなことをおぼえて、いろんなことができるようになるでしょ。一日一日が体の中に入っちゃったってことかしらね」

「わかった。カレンダーの日づけをぼくがたべちゃったんだよ」

「そうね、バァバもパパやママも、みんな、いろんなカレンダーもってて、たべているのかもね」

「ぼく五さいだから、カレンダー五個もたべちゃったもんね。バァバいくつたべたの？」

「バァバは、フフフ、かぞえきれない、に、しとこ」

「わあい、たんけんたい、たんけんたい、バァバの食べたカレンダーはいくつでしょう」

「しりませんよォだ。それよりタァタ、おもちをやいてたべましょ。カレンダーより、うんとおいしいわよ」

「たべる、たべる！」

ふたりはなかよくキッチンに入っていきました。

おぼうしとって、こんにちは

「あまくて、ちょっぴりほろにがくて、チョコレートはおいしいわね」

タァタとバァバは、日あたりのいいえんがわで、チョコレートをほうばっています。ママの手作《てづく》りチョコレートで、バレンタインデーに、パパとタァタがもらいました。それをタァタは、バァバにおすそわけしたのです。

「ぜんぶならべると、タァタだいすき、ってかいてあったんだよ。のこりは、タと、だと、す、だけになっちゃったけど」

タァタは三このこったチョコレートを箱にしまいました。

「今日、庭《にわ》でウグイスが鳴《な》いたのよ。初音《はつね》ね」

「ハツネって?」

「今年はじめて鳴いたからよ」

「お正月からずうっと、ハツが多いね」

「ほんとね。新しい一年がはじまるんだもの、いろんなことを今年になってはじめてね、って思うわけ」

「ぼくが自転車《じてんしゃ》でころんだときも、ママったら、はつころびねって笑ったよ」

タァタは口をとがらせました。

「日ざしが明るくなって、もう春だわ」

「豆まきしたとき、先生が、あしたから春ですよ、っていったよ」

「二月四日が、立春《りっしゅん》といって、こよみの上では春になります、って日なのよ。まだ寒くって、春って気分じゃないけれどねェ」

　バァバはかたをすくめました。

「でもこうしてバレンタインデーもおわったし、日が長くなって、空もやわらかい色にかわってきたわ」

「こんないい日は外に出なくっちゃ、でしょ」

　タァタに手をひっぱられて、バァバもどっこいしょ、と立ち上がりました。

「たんけんたい、たんけんたい　春をさがしにたんけんたい」

　庭のまん中に大きいモクレンの木があります。葉の落ちたはだかの枝先に、つんつんと花芽《はなめ》がついて、空に向かって手を上げています。

「バァバ、あのとんがりあたまの上に、

三角ぼうしがのってるよ」

「リンペンヨウっていうの。花芽はきものをつぎつぎぬいで大きくなるのよ」

「おぼうしとって、こんにちは、だね」

タァタは三角ぼうしを一つつまんで、おじぎをしました。

「おぼうしとって、こんにちは」

バァバもまねをして、少し高いところのつぼみについたぼうしをとっておじぎをします。

ふたりはつぎつぎ花芽のからをとって、自分のぼうしの中に入れて、なんだか、ぼうし見つけきょうそうになりました。手のとどくところの花芽はみんな「おぼうしとって、こんにちは」にしてしまいました。

「ほかの木もさがそうよ」

タァタが虫メガネをもってあるきだしたときです。

『きゅうくつだから、早くとってよォ』

どこからか、かわいい声が聞こえました。

ふたりは顔を見あわせ、あたりを見まわしました。

「あっ、あそこだっ」

庭のすみの木かげに、落葉《おちば》がつもっていて、かさこそ音を立てています。

近づくと、葉っぱの中から、きみどり色のかたまりがのぞいていました。

「フキノトウだわ」

バァバがうれしそうにさけびました。

タァタが落葉をはらうと、うすみどりの花びらが開いて、ブロッコリーのような小さな花のかたまりが、ぽこっと顔をだしました。そのたくさんのつぼみが、おしあいへしあいして、口

ぐちにさけんでいます。

『きゅうくつだなぁ』

『おまえこそ、おしたじゃないか』

『わたしのばしょにわりこまないで』

『きょうだいげんかはよしなさいよ』

『もっとのび上がらなきゃ』

『外に出たよ、せいせいするなあ』

そんな声が、あちこちから聞こえてきます。タァタとバァバは、むちゅうになって、声のするところの土や落葉をとりのけて歩きます。

「おふとんとって、こんにちは」

♪春ですねェ、
ちょっと顔だしてみませんか
ふたりはてんでに歌いながら、フキノトウのおふとんを、とってまわりました。

「もうすぐ虫たちも目をさますわ」

「たんけんたいのしゅっぱつだね」

タァタとバァバはミルク色の空に向かって、Vサインの手を高く上げました。

チョウとおさんぽ

「タァタ早く早く、めずらしいものがいるわ」

バァバがピンクのぼうしをふっています。

「めずらしいものって、おもしろいこと?」

タァタは急いで庭《にわ》におりました。

庭の日あたりに畑《はたけ》があって、大根《だいこん》やキャベツがいきおいよく育《そだ》っています。

「ここ見て、ほら、チョウが生《う》まれるわ」

とくべつ大きなキャベツのかたい葉のすじに、からだを白い糸でしばりつけたアオムシがいました。

「アオムシのせなかから、サナギが出かかっているでしょ」

「ほんとだ。どんどん出てる」

ふたりはそっとちかづいて見つめます。

「ほら、少しずつ色が変《か》わってきたわ」

サナギのみどり色のからだが、だんだん黄色になってきました。

「あっ、せなかがわれるよ」

虫めがねでのぞいたタァタがさけびました。

「しっ、チョウチョさんが出るのよ」

ひげや頭がのぞいて、ゆっくりゆっくり出てきます。ぐぐっ、ぐぐっとのび上がります。

「ああ、すっかりぬげた！」

バァバがふうっと息をはきました。

ちぢこまっていた羽《はね》が少しずつのびていきます。

「モンシロチョウよ」

「きれいな羽だなあ。さわってもいい？」

タァタが手をのばしました。

「あっ、だめだめ、生まれたばかりだから、おどろかしたらかわいそうよ」

「ごめんなさい、チョウチョさん」

タァタは手をひっこめて、あやまりました。

『こんにちは。わたし、ここのおいしいキャベツで育ったの。なにかおれいしなくちゃ』

モンシロチョウがふわふわっと羽をひろげながらいいました。

ぽわーん、あたりの空気がゆれたと思うと、目の前のチョウの羽がふるるるとひろがっていきます。

「わあっ！」

タァタはバァバにしがみつきました。

『さあ、わたしのせなかに、ノッテクダサイ』

ふたりはあわててよじのぼりました。

「たんけんたいのしゅっぱつよ」

チョウのせなかにしがみついたバァバが、ふるえ声でいいました。

ふたりをのせたチョウは、やさい畑の上をせんかいすると、花畑《はなばたけ》の方にとんでいきます。

赤、黄、白、紫《むらさき》、色とりどりのパンジーや、スミレ、プリムラ、クロッカス、そしてスイセンもゆれています。花はふたりのからだほど大きく見えます。チョウは花にとまっては、ゼンマイのような口をしゅるるるとのばして、みつをすいました。その音が川の流れのようにひびきます。ぷうんと花のいい香《かお》りもします。

「なんだかチョウになったきぶんだわ」

バァバがうっとりいいました。

「ぼく、おなかすいてきたよ」

タァタもジュースがのみたくなりました。

チョウはまたとびあがりました。庭を舞《ま》うようにとびます。花や木が見たこともないほど大きく見えます。白いモクレンの花にとまりました。むせるようなあまい香りがして、白い大きなお部屋《へや》に入ったように思いました。

「春が来たのねえ。もうじきサクラも咲くわ」

「ぼくも四月には年長《ねんちょう》ぐみにへんしんだもん」

「チョウチョさんもアオムシのとき、一枚二枚って皮をぬいで大きくなったのね」

『四かいもぬいだの』

モンシロチョウはとくいそうにいいました。

「ぼくはね、一さい二さいって大きくなって、六さいになったら小学校に入るんだよ」

『わたし、このお庭だいすき。夏までに、たまごをたくさん生みます』

「バァバのやさいおすそわけしてあげてね」

「チョウチョさんが花粉《かふん》をはこんでくれると、お花もよろこんで、種《たね》もたくさんできるわ」

『おいしいみつをありがとうございます』

「おたがいさまで、ありがとうだよね」

チョウはうれしそうにしょっかくを動《うご》かしました。そして、ふわりふわりと下におりていきます。目の前に大きなみどりのかたまりがせまってきました。

しゅう、しゅうと音がして、ふたりはキャベツ畑の中に立っていました。

キャベツの葉の先にはモンシロチョウがしずかにとまって、羽をとじたりひらいたりしています。

「めずらしいことって、やっぱりおもしろいことだったね」

タァタとバァバは、チョウに手をふりながら、家に入っていきました。

風と水とどっちがすき？

「タァタ見てごらん、こいのぼりが薫風《くんぷう》に乗《の》って気持《きも》ちよさそうに泳《およ》いでいるわ」

「バァバ、くんぷうってなあに」

「緑《みどり》がいっぱいの季節《きせつ》になると吹く、そよ風のことよ。さわやかないい香《かお》りがするでしょ」

「ああ、それならぼく歌えるよ」

♪みどりのそよ風いい日だね
　ちょうちょもひらひら風の中
バァバもいっしょに歌います。

♪なの花畑にいもうとの
　つまみなつむ手がかわいいね
「こいのぼりさんは風が大すきなのよ」

「おさかななのに水じゃなくて、風がすきなの？」

タァタは、高いさおの先ではたはたしっぽをふっているこいのぼりに向かってさけびます。

「おーい、こいのぼりさァん。風と水とどっちがすきなの？」

すると空から声がきこえてきました。

『水で泳いだことないから、わからないよ。いっしょにいってみるかい？』

タァタがそうがんきょうでのぞくと、一番《いちばん》大きいまごいが、するするとおりてきました。

『さあ、せなかにのった、のった』

タァタとバァバを乗せたまごいは、ふわりと風に乗って、空を泳いでいきます。

「あそこに光ったすじが見えるでしょ。あれが川よ」

バァバがいうと、まごいは、せびれやおひれを動《うご》かしながら、スピードをあげて下へおりていきました。

ポッチャン、パチャパチャ……、水しぶきをあげて川に入ったまごいは、体をくねらせて泳ぎます。タァタとバァバはびしょぬれになって、せなかにしがみついていましたが、なれてくると、プールでビートばんにつかまって泳ぐときのようで、楽しくなりました。

「こいのぼりさんも楽しい?」

『ああ、いい気持ちだよ。風もすきだけど、水の中もゆかいだなあ』

まごいはぐんぐんスピードをあげ

ます。

「ひえっ、うわっ、きゃあ」

泳げないバァバは、水をかぶるたびに大さわぎです。

ひゅるるる、ぷわわん、ぷるるる、ぽっちゃあん、ひゅううん、ぽっちゃあん
さわがしい音がして、水しぶきがほうぼうであがりました。

「あらあらたいへん。まごいさんのかぞくがみんなついてきちゃったわ」

「わあ、きれいだなあ。川の中が、絵《え》のぐばこみたいだね」

赤や青や、金色や、いろとりどりのうろこのこいのぼりが、川いっぱいになって泳ぎます。

五色のふきながしも、大きなリボンが泳いでいるようです。

『とうさん、ぼくたちをおいてくなんてひどいよ。かあさんがつれてきてくれたんだ』

『ごめんごめん。どうだい、水の中は？』

『すてきですわ。風の中もいいけど、やっぱり水はわたしたちに合っているのね』

「こいのぼりさん、ずいぶん川下《かわしも》に来てしまったわ。ほら大きな海が見えてきたもの」

『やあ、こりゃ、もう帰《かえ》ったほうがよさそうだな。おーい、みんな、Uターンするよ』

「ねえこいのぼりさん。こんどは風に乗っていかない？　空をとんでいこうよ」

タァタがいいました。

「オーライ　ひこうせんしゅっぱァつ」

まごいの声に、こいのぼりの一家がせいぞろいすると、一れつになって、ぐんぐん空に上がっていきます。

タァタとバァバを乗せたまごいを先頭《せんとう》に、ひゅるひゅる、はたはた、音をたてながら、こいのぼり一家が風の中をとんでいきます。

緑《みどり》の山や、紫《むらさき》のあやめ池や、水をはった田んぼに早苗《さなえ》がそよいでいたり、タァタもバァバも、目をとびださせて下を見ながら、とびつづけました。

「あっ、こいのぼりさんの柱《はしら》が見えてきたよ。何もついていないさおだから、よくわかるね」

タァタがそうがんきょうでのぞきながらいいました。こいのぼりたちはするするとおりていきます。

タァタとバァバは、まごいのせなかから、ふわわん、ふわわんとなげだされて、気づくと、さっきのろうかにすわっていました。

「こいのぼりさァん、風と水とどっちがすきだったァ?」

ふたりはいっしょにさけびました。

こいのぼりたちは、青い空の中で、気持ちよさそうにしっぽをふって泳いでいました。

デンデンムシムシ　カタツムリ

梅雨《つゆ》に入りました。雨がよく降《ふ》ります。

庭《にわ》のアジサイが、青や紫《むらさき》のまりのような花を、おもそうにゆらしています。

「バァバ、お庭のたんけんたいしようよ」

「雨の中で？　そうね、すわってちゃつまんないもの。いこいこ」

タァタとバァバは、ぼうしをかぶって、かさをさしておもてに出ました。

「なんだか、あまいようなにおいがするよ」

「ああ、クチナシが咲いている。ほら、バイカウツギでしょ。これキンシバイ。みんないいかおりがするわ」

タァタはそうがんきょうをかた手でもってのぞきます。

「あっ、デンデンムシだ」

アジサイの葉に大きなデンデンムシがとまって、ゆるゆるとつのをうごかしています。

タァタがそっとつのにさわりました。ピクリとしたつのは、すうっとちぢんで、あたまの中に入ってしまいました。あたまをつつくと、にゅるにゅるとからだが動《うご》いて、からの中に消えてしまいました。

「いなくなっちゃったよ、バァバ」

「おどろかしたらかわいそうよ。見ててごらん、また出てくるわ」

♪デンデンムシムシ　カタツムリ
オマエノアタマハ　ドコニアル
メヲダセ　ツノダセ　アタマダセ
バァバが歌います。

「その歌、おもしろいね」タァタもまねして歌います。

ぴりゅるるる　からの中から目が出て、つのが出て、あたまがのぞきました。

『だあれ？　わたしをよんだの』

「ぼくだよ。タァタとバァバ」

『ああ、キャベツいただいてる、バァバさん』

「あらあら、キャベツかじったの、あなただったの」

『わたしだけじゃありませんわ。わたしの赤ちゃんも大きくなるまで、おせわになります』

「おやおや、それはどうも。おすそわけだからかまわないけれど、赤ちゃんたちお元気？」

『まあ子どもたちにあって下さいな。

大よろこびしますわ』

ぐるっぐるっとデンデンムシがまわりはじめると、どんどん大きくなりました。アジサイの葉も花も山のように大きくなります。

「タァタ、もしかするとわたしたちがちいさくなってるのよ」

たんけんたいのタァタは、わりとへいきな顔でこたえます。

「きまってるさ。たんけんたいのしゅっぱァつ」

デンデンムシのせなかのおうちのドアがあいて、タァタとバァバは入りました。

デンデンムシは、ゆらゆらからだをゆすりながらすすみます。葉っぱから枝《えだ》へ、枝からみきへ、草の中をとおって畑へでました。

『ぼくもわたしも、みんなあつまっておいで』

デンデンムシがよぶと、あちこちのやさいの中から、わいわい声がきこえます。

『なあに、かあさん』

『はーい　いまいきまァす』

ちいさな、ちいさな、デンデンムシが、あちらからもこちらからも顔を出して、にいにい音をたてながら集まってきました。デンデンムシが歩いたあとは銀色《ぎんいろ》のすじがついて、雨にぬれてひかっています。

「おきゃくさまよ。タァタとバァバ」

赤ちゃんデンデンムシは、のび上がるようにして、おかあさんのせなかをのぞきます。

タァタとバァバはドアから出てきてキャベツの葉にのりました。

「こんにちは。バァバのキャベツおいしいでしょ」

『あたしだいすき』

『ぼくのけずったとこ見たい？　大きなあなになったよ。それにぼくの歯すてきでしょ』

小さいデンデンムシは口をいっぱいにあけて、じまんの歯を見せてくれました。

「やすりみたいになってるわ」

「おもしろいもようだねえ」

タァタとバァバは虫めがねで、かわりばんこにのぞきました。

「雨の中をすべりおちないでね。ほらほら、もっとキャベツたべて大きくなりなさいね」

バァバがいうと、タァタもいいました。

「ぼくもバァバのやさい大すきだよ。デンデンムシときょうそうで大きくなろうっと」

デンデンムシのおかあさんと赤ちゃんが、葉っぱの中に消えると、タァタとバァバは、ぐるぐるっと体がまわって、はたけの中に立っていました。雨ももうじきやみそうです。

さがしもの、おとどけします

「あらっ、ポシェットがうごいてる」

バァバがすっとんきょうな声を上げました。

「どうしたの？」

タァタもおっかなびっくりのぞきこみます。

バァバのたんけんたい用のポシェットが、もぞもぞ動《うご》きながら、えん先から外におっこちそうです。

「こらっ、とまれっ」

タァタがポシェットをつかまえました。

「バァバ、中になにかいるみたいだよ」

バァバがそっとポシェットのふたをあけました。

「ひゃっ！」

白いかたまりがとび出して、部屋のすみににげました。

「マウスよ！」「ハムスターだ！」

ふたりは同時にさけびました。

「どこかからにげだしたんだね」

タァタはテレビマンガのハム太郎が大すきなので、大よろこびでつかまえようとします。

「ほらほら出ておいで、いじめないからさ」

タァタがやさしい声でよびます。

『おねがいがあります』

テレビ台のうしろから声がきこえました。

「おねがいってなあに?」

タァタがはらばいになってのぞきます。

『わたしのこどもたちが、おなかをすかせてるの。たすけてください』

「どこかでかわれていたんじゃないの?」

『ごしゅじんのるすに、のらねこにおいかけられて、にげだして。野原《のはら》であかちゃんをうんだの。かわいいこどもが五ひきよ』

「バァバ、ハムスターはヒマワリのたねがすきなんだよ。もっていこうよ」

「野原のたんけんたいさっそくしゅっぱつよ」

バァバは、庭《にわ》の大きなヒマワリからたねをとると、かごに入れました。

ハムスターは大よろこびでかごのまわりをくるくるとまわりました。するとタァタとバァバもまわりはじめ、気づくと広場《ひろば》にいました。

「まあ、野原ってここなの?」

古タイヤやポンコツ自動車《じどうしゃ》がおいてある空地《あきち》でした。ハムスターがつつっと走って、車のかげに消えました。すると、チョロチョロ、キウキウ小さなハムスターが出てきました。

「わあ、かわいい!」

ふたりは、かごの中のヒマワリのたねを、ハムスターの前にまきました。子どもたちはとびつくようにして食べはじめました。

『まあ、うれしい。ありがとうございます』

「ここじゃ子育《こそだ》てはむりよ。家に帰ったら?」

『わたしも、それがいいとおもうけれど、ねこがくると、こどもたちがあぶないから……』

かあさんハムスターは悲《かな》しそうです。

「バァバのお庭でくらせばいいよ。ヒマワリもたくさん咲いてるし」

タァタはわくわくしていいました。

バァバはちょっと考えています。

「家の中でくらすより自然《しぜん》の中の方がいいけど。でもやっぱり、あなたたちは飼《か》い主のところにもどった方がいいわ。タァタとバァバがうまく話してあげるから」

かごに六ぴきのハムスターを入れました。

かあさんハムスターが、かごの中でおどるようにくるくるまわると、地面《じめん》もくるくるまわって、気づくと、白い家のドアの前に立っていました。ハムスターたちが、かごの中から、じっ

とふたりを見ています。

「だいじょうぶ。さあチャイムをおすわよ」

バァバがウインクしました。

「どなた？」

女の人がドアを開けました。

「だれもいないわ。あらっ、私のハムスター」

女の人はかごを持ち上げました。

『ただいま。赤ちゃんといっしょです。どうかネコに気をつけて、大切《たいせつ》に育てて下さい』

かごの中には、六ぴきのハムスターと、手紙とヒマワリのたねが入っていました。

風のお船《ふね》に

カナカナカナ、セミの声がとぎれがちに聞こえて、さわやかな風が、庭《にわ》の木の葉をゆらしています。

「すっかり秋らしくなったわ」

バァバは草取《くさと》りをしながら、ひとり言《ごと》をいいました。

「バァバ、何かおもしろいもの見つけたの」

タァタが庭に出てきました。

「風立ちぬよ」

「なあにそれ？」

「ほら、いい風が吹いてる」

「ほんとだ。お日さま元気なのに暑《あつ》くないね」

♪だれが風を見たでしょう
　ぼくもあなたも見やしない
　けれど木の葉をふるわせて
　風は通り過ぎてゆく

バァバの歌声が青空にすいとられていきます。タァタは風の声を聞こうと耳をすませました。

風は時どきやって来ては木の葉をゆらし、そのたびにサアサアと音がします。

「いい音がするんだね」

ザアザアと大きくなるときもあります。

「今、風さんがおおぜいで通ったみたい」

「風は地球《ちきゅう》が息をしているんですって」

地球といっしょに呼吸《こきゅう》をしようと、息をはいたりすったりしていたふたりが、すうっと息をすったときです。タァタとバァバの体はふわりと浮き上がって、サワサワと音のする、すきとおったまるいものの中に入っていきました。

「風のお船《ふね》よ」

船はゆったり空にただよったり、時どきサアッとながれたりしてどんどん動《うご》いていきます。

「バァバ、ぼくたちどこへ行くの?」

「風のお船で青空たんけんたいよ」

町が小さくなり、畑や野原《のはら》や山をこえて、ふたりは空を飛《と》んでいきます。

「海の上に出たわ」

「あっ、あのたくさんの鳥はなあに」

「ツバメさんだわ。南の島に渡《わた》っていくのよ」

風の船は、七、八羽のツバメのむれにかこまれました。

『おたくの軒先《のきさき》で生まれた子ツバメたちですわ。こんなに大きくなって、みんなで南の島に帰ります。風に乗《の》って渡っていくのですよ』

「まあまあ、うれしいこと。こんなところでお見送りできるのね」

「来年も帰ってきてね」

タァタとバァバは、大きなむれに入っていったツバメたちに、手をふりつづけました。

サワサワと鳴りつづける風の船は、するすると流れていきます。

「海の上でも、風さんのおかげでいろんなものが動けるんだね」

タァタは白いヨットの帆《ほ》が、ハタハタとなびくのをそうがんきょうでのぞきながらいいました。

「ほら、マストの先にチョウがとまってるわ。あのチョウも風に乗って海を渡るのよ」

「目に見えなくても、風のお船に乗っていくのかなあ」

そのとき、船のまわりを白い雲がかこみはじめました。

「雲の中に入ったのよ」

「白くて、きらきら光って、きれいだなあ」

風の船をつつんだ雲は、ふわんふわんゆれながら青空を進みます。

サアッと風が鳴ると、雲もひゅうんとスピードをあげて流れます。

タァタとバァバは、青空を飛ぶ鳥たちや、海に浮かぶ島や船をそうがんきょうでのぞきます。

水平線《すいへいせん》に山なみが現われ、野原や畑がつづき、見なれた町が見えだしました。

「バァバ、帰って来たよ」

「地球をひとめぐりしたかったわ」

バァバがざんねんそうにそうがんきょうをポシェットにしまおうとしたとき、ザ、ザアッと強い力におされて、船は白い雲からとび出しました。ヒュルル……風の船は、もうスピードで下におりていきます。タァタは思わず目をつむりました。そうっと目を開けたとき、ふたりは風に吹かれて、庭の木の下に立っていました。

きいろさん　いませんかァ

きょうはタァタのようちえんのうんどうかい。バァバもしょうたいされました。

タァタは、パパとママがいっしょなので、とくべつ元気です。ママのつくったおべんとうをみんなでたべました。おにぎり二つ、たまごやき三つ、とりのからあげは四こもたいらげました。

青い空のしたで、みんなでたべるおべんとうは、なんておいしいんでしょう。

ごごは、パパとタァタの二にん三きゃく、ママとタァタのおどりがあって、いよいよバァバとタァタがくみになってかりものきょうそうです。

「みつかるかしら」

「だいじょうぶ、ぼくにまかして」

「ヨーイ、ドン」

いっせいにかみのぶらさがったところにはしります。タァタとバァバのかみには、

『きいろいものをさがしましょう。ただし、ぼうしとたすきはいけません』

と、かいてありました。

タァタのあたまには、きいろいぼうしがのっているし、きいぐみさんのおんなのこは、きいろいたすきを、あたまにまいています。

「おやおや、きいろばっかりなのに」

タァタとバァバはこまりました。

みんなはわあいとさけびながら、それぞれのかみをひらひらさせて、けんぶつのむれにむかってはしります。

「バァバ、はやくはやく、さがさなくちゃ」

「きいろいハンカチもっていませんかァ」

「きいろのうわぎきたひといませんかァ」

ふたりはいっしょうけんめいさがして、どんどんはしっていきました。

だんだんみんなの声がとおくなり、野原《のはら》にでました。

あかまんまの花や、ひがんばなはたくさん咲いているのに、きいろい花はありません。

「ひまわりは、もう咲いてないね」

「はっぱがきいろになるのはまだのようね」

「きいろさん、へんじしてくださァい」

「バァバにつかまえられたい、きいろ

さんはいませんかあ」

　とおくにキラキラひかるものがみえました。バァバがポシェットからそうがんきょうをだしました。

「川があるわ、あそこへ行ってみましょう」

　おがわはきれいな水がながれて、川のそこまですけてみえます。ちいさな魚がたくさんむれになって、泳《およ》いでいました。

　きいろいさかなはいないかな?、とのぞきこんだふたりの目に、キラッと光るものがとびこんできました。

「きいろだ!」

「ほんと、お日さまの光だわ」

「あれすくっていけるの?」

「タァタのぼうしかしてね」

　バァバはポシェットからビニールぶくろを出すと、ふたりはそっと川に入りました。

「ほら、入ったわ」

　わゴムでくちをしばって、きいろいぼうしのなかに入れると、なかからもそとからも、みずは黄色に光ります。

「わあい、きんいろだ!　きれいだね」

「はやくゴールしましょ」

　エッサカホイホイとぼうしをささげもってふたりははしりました。

　とっくにおわっているとおもったのに、みんな、まだわいわいさわいで、かりものきょうそうのまっさいちゅうです。

ふたりはゴールめがけていちもくさんにはしりました。
「セーフ」
タァタはぼうしをかかげてゴールインです。
タァタがとくいそうにみせた水は、みんながいっせいにのぞきこむと、くらくなってきいろにひかりませんが、お日さまにあたると、きんいろに光る、とてもふしぎな水でしたから、みんなはとてもおどろいて、見ていました。

ハッパ　パラパラ

「バァバ、こんなにきれいな葉っぱがおちているよ」

タァタがりょうてにいっぱい、落葉《おちば》をかかえて、見せにきました。

「すてき、柿《かき》の葉がもみじしたのね」

タァタとバァバは、柿の木の下におちた葉っぱを、かごにひろってあるきました。

「おなじいろの葉っぱは、いちまいもないわ」

「いちまいのなかに、赤やきやみどりがまざって、ちがったもようになっているんだね」

「きれいなもようにならないまま、かれ葉になったのもあるわ」

「それって、かわいそうだよね」

「ほんとね。どうしてこうなるのかしら」

ふたりは、いちばんきれいな葉っぱをひろおうと、むちゅうです。

『ちょっと、ちょっと、そこのおふたりさん。ここへきて、てつだってくださいな』

どこからか、声がきこえました。

「バァバなにかいった?」

「タァタがしゃべったとおもったわ」

『ここよ。ほら、木の上を見て』

「あっ、ちっちゃなひとが、いっぱいいるよ」

「あなたたち、だあれ？　なにしてるの」

『ペンキやにきまってるでしょ。ほら、葉っぱにいろをぬってるのよ』

「ほんとだ。きみたちだったの？　葉っぱにもようをかいたの」

『いそがなくっちゃ。ずいぶん寒くなったから、はやくいろをぬらないと、葉っぱが、きれいにならないうちに、ちってしまうわ』

「たいへんだァ。バァバぼくたちも、てつだってあげようよ」

「もちろんオーケー。がってん、しょうち」

　バァバがポシェットをたたくと、ふたりは柿の木の枝の上にのっていました。

『ここにペンキとはけがあるから、すきないろでもようをかいてね』

「みどりにすこしちゃいろをぬって、と」

「ぼくは、きいろでまるをかいて、まわりをあかでぬるよ。そうだ、ピカチュウもかこう」
「この虫くいの葉っぱは、おもしろいかたちねえ。あらこの柿もたべごろだし……」
「バァバ、見とれていないで、はやくぬらなきゃ。ほらこれみて、お花みたいでしょ」
「すてきね。バァバもほらね、まっかだな、まっかだな、きいろい葉っぱもありますよ」
バァバは、へんなふしをつけて歌います。
こびとのペンキやさんたちも、せっせといろをぬりながら、歌います。
♪ハッパ　パラパラ
ハッパ　パラパラ
あかいようふく
きいろいようふく
ハッパ　パラパラ

ハッパ　パラパラ
みんなおめかし　おどっておちるよ
ハッパ　パラパラ　ハッパ　パラパラ
はるになるまで、みどりになるまで
ハッパ、パラパラの歌は、だいがっしょうになって、いつまでもつづきます。
タァタとバァバも、おおごえで歌いながらはっぱにもようをかきつづけました。
『ああ、ずいぶんはかどったねえ。タァタとバァバのおかげさ』
『ことしは、いつもよりきれいなもようになったわ』
タァタとバァバも、手をやすめて、あたりを見まわしました。いろいろなもようにぬられた葉っぱが、オレンジいろの柿の実《み》にまじって、つやつやとひかっています。
「きれいだなあ。バァバ、ぼくたちもてつだってあげてよかったね」
「ほんと。でも、こんなにきれいなのに、おちてしまうのよね」
「下でひろって、おしばなにしようよ」
こびとのペンキやさんが、タァタとバァバをかついでおりていきます。
♪ハッパ　パラパラ　ハッパ　パラパラ
きれいなハッパは　つよいめになる
ハッパ　パラパラ　ハッパ　パラパラ
はるになったら　またあいましょう
ハッパ　パラパラ　ハッパ　パラパラ
落葉のなかに立って、木を見あげるタァタとバァバに、いつまでも、うたごえがきこえていました。

くつ下　ひゅうん

「今日は、風がつよくて、さむいこと」

バァバが、せんたくものをとりこんでいます。

「わあたいへん、とんでっちゃった」

バァバのおおごえに、タァタが出てきました。せんたくものをかかえたバァバが、あちこちはしりまわっています。

「タァタ、そのくつ下つかまえて」

くつ下は、風にとばされていきます。

「それっ」

ふたりが、いっしょに、とびつきました。

「わあっ」

くつ下は、ふわりうきあがって、どんどん空にあがっていきます。

タァタとバァバは、くつ下にしがみついたままです。

たいへん、とばされちゃうわ。タァタ、はやく、くつ下のなかにはいるのよ」

ふたりは、やっとのことで、くつ下のなかに、もぐりこみました。

くつ下は、どんどん風にのって、とんでいきます。海や山が遠《とお》くなります。

「バァバ、ぼくたち、どこまでいくのかしら」

「おそらのさんぽもわるくないけど、なんだか、とてもさむくなってきたわ」

「わぁ、バァバ、下をみて！　まっ白だ」

「まぁ、あかいやねに、ゆきがつもって、きれいだこと」

「モミの木がいっぱいあるよ。サンタさんの町みたいだなあ」

「あらそうよ。きっとサンタさんの町だわ」

「そうだ、もうじきクリスマスだもの、おおい、サンタさんいますかァ」

タァタが、おおごえでよびました。

すると、とおくのほうから、リンリンリン、リンリンリン、たのしそうなおんがくが、きこえてきました。

「やっぱり、サンタさんの町だ！」

ひゅうん、るるるる、くつ下は、町じゅうで、いちばんのっぽの木にむかって、おりていきます。

『やあ、タァタとバァバ、よくきたね』

モミの木のしたで、サンタさんが、てをふっています。

「わあ、いつかのサンタさんだ!」

「おひさしぶりですわ、サンタさん。また、おてつだいさせていただけるかしら」

ふたりは、木の下におりていきました。

『いや、ありがとう。またおねがいしようかな。それにしても、りっぱなくつ下だね』

モミの木を見あげて、サンタさんは、かんしんしてほめてくれました。

「ぼくたちを、ここまでつれてきてくれたんだもの、すてきなくつ下だよ、サンタさん」

『よしよし、そのくつ下をめじるしに、ことしはたくさん、プレゼントをもっていこう』

「わあい、やったァ。まどから、よく見えるように、つるしておくからね」

『そうだ、せっかくだから、サンタアイスをごちそうしようかな』

サンタさんは、トナカイのくびから、ベルをふたつはずすと、まっ白な雪をすくって、まっかなイチゴシロップを、たっぷりかけ、そのうえにキラキラ光る星のかけらを、パラパラとふりかけて、ふたりに、サンタアイスをごちそうしてくれました。

「おいしかったねえ、ごちそうさま」

「サンタさんは、これからおいそがしいでしょうね。あまりおじゃましたらわるいわ」

ふたりは、サンタさんにおわかれをいうと、くつ下にもぐりこみました。

ひゅうん、るるるる、くつ下はとびあがり、青空の中を、流れだしました。

「サンタさんありがとう、さようならァ」

『タァタもバァバも、げんきでなァ』

「クリスマスイブには、きっと来てね」

「まっていますわァ」

くつ下もたのしそうに、ひゅうん、るるるる、と、歌うような音をたてて、とんでいきました。

ゆきだるまがっせん

「雪がこんなに降《ふ》ったのはひさしぶりだわ」

「大きな雪だるまがつくれるね」

タァタとバァバは、シャベルとスコップで、たのしそうに雪だるまをつくっています。

すみでまゆができ、ツバキの葉っぱが目になりました。ナンテンの実《み》をまるくならべると、雪だるまが笑《わら》ったように見えました。

「まあ、美人《びじん》の雪だるまさんねえ」

「ひとりじゃさびしそうだよ」

ふたりは、いっぱいあせをかきながら、雪をあつめて、もうひとつ雪だるまをつくりました。

「そうだ、豆まきしたときの、お面をかぶせようっと」

タァタは、ようちえんでつくった、赤おにのお面をもってきました。

「ナンテンのえだをみみにしたから、つるすといいわ」

「わぁおにだ。ねえおにってわるものなの?」

「そうねえ、わるいことを家からおいだすために、福《ふく》は内、おには外、っていうから……」

バァバは、かんがえこみました。

「でも、おにがわるいってわけじゃなくて、おにに、わるいことを、どこかほかへもっていってもらうのかもしれないわ」

「ぼく、こんどは福になりたいなあ。えんで、豆をぶつけられて、にげまわったんだ」

「とにかく、りっぱな雪だるまさんができたわ。福だるまさんとおにだるまさんね」

「うん、なかよしみたいだね」

ふたりはまんぞくして、おやつをたべに家にはいりました。タァタとバァバが、ミルクティーとクッキーをたべていると、外からさわがしい音や、声がきこえてきました。

「なんだろう」

のぞいたタァタがさけびました。

「バァバたいへん、雪だるまがっせんだ」

まるいからだ、さんかくのからだ、ちいさいのおおきいの、ながぼそいからだ。

おこったかお、わらったかお、ないたかお、まゆがとれたり、くちがと

れたり、とにかく、庭《にわ》にいっぱい、どこからあつまったのか、雪だるまたちが、あっちにはしり、こっちにはしり、ころがったり、おしくらまんじゅうになったりして、大さわぎしています。

右にあつまっているゆきだるまたちが、どどどっとはしりながら、雪の玉をぶつけると、左の雪だるまたちもまけずに、だだだっとはしってきて、玉をなげます。

玉は、あたまにあたったり、せなかにあたったり、こぶのようにくっついたり、ふくのもようになったり。なげる玉も雪なら、たたかうだるまも雪ですから、ややこしいこと！　とけたり、こわれたり、じぶんが雪の玉になって、てきにつっこむ雪だるまもいます。

「こらぁ、やめなさぁい」

タァタがさけぶと、雪だるまたちは、びっくりしたようにこちらを見ました。

「あそんでるんでしょ?」

バァバがききました。

『いや、福だるまがいばって、おにだるまをいじめようとしたんだ。おなじ雪だるまなのにさ』

あたまのかけた雪だるまがいうと、タァタのつくった福だるまがはしってきました。

『だって、わるいもんでしょ?』

おにだるまが、とぼとぼあるいてきました。

『ぼくわるいことしてないけど、お面がとれなくて……。おにだおにだって、からかうんだもの。そしたらみんながきて、いいもんと、わるいもんになって雪がっせんになったの』

「雪がっせんであそんだのね。あそぶのにいいもんもわるいもんもないのよ。こわそうなお面は、こっちにいただきましょ」

バァバがおにのお面をはずしました。

「ぼくも、ようちえんでかぶったんだよ。バァバ、ぼくたちも雪がっせんに入ろうよ」

「もちろん!　さあ、いくわよ」

庭の中は、またおおさわぎの、雪だるまがっせんになりました。

ふわん　ふわふわ

「サクラ草がたくさん咲いたわ」

「ここから見ると、庭《にわ》にピンクのベールをかぶせたみたいだね」

「ベールがなみのようにゆれて、きれいね。でも、春だから草とりもしなくちゃ」

バァバは、どっこいしょと立ち上がりました。

「バァバ、草、草、はっけん、草はっけん」

タァタとバァバは、花畑の草を取《と》りはじめました。そよ風がほほをなでていきます。

「お日さまにあたってると、ねむくなるね」

「タァタ、このベンチにかけてごらん。ぬくぬくして、きもちいいわ」

ふたりは、ベンチによりかかって、目をつむりました。小鳥の声が子もり歌のようです。

「春って、ぼく大すきだよ」

「バァバもよ」

いつのまにかピンクのもやが、ふたりのまわりをかこみはじめました。

どんどんもやがこくなって、雲の中にいるみたいです。

と、ふたりをつつんだピンクの雲は、ふわりとうき上がり、ふわん、ふわふわと、ながれだしました。

「いいきもち……」

バァバは、目をつむったままいいました。

「バァバ見て、ぼくたち、雲にはこばれていくよ」

「ええっ、まあ、どおりで、ふわんふわんと、からだがゆれるのね」

「今日は、あったかいし、お空のたんけんにちょうどいいね」

ふたりはピンクの雲にねそべって、ふわりふわり、ながれていきます。下を見ると、青くのびたむぎ畑や、田植《たう》えのために、きれいにたがやされた田んぼがひろがっています。

そのあいだを、一本のキラキラ光る川が流れていて、ていぼうには、葉の出ていないはだかの木が、ずっとならんで立っています。

「サクラなみ木ね。つぼみはでているかしら」

「サクラが咲くと、ぼくは小学一年生になるんだって、ママがいってたよ」

そのとき、ピンクの雲はふるふるとゆれて、下におりはじめました。そして、大きなサクラの木の上にふわりとかぶさりました。

『わァい、春のつかいが来たよ、みんな、目をさませ！』

かわいい声が、あちこちからきこえて、サクラのかたいつぼみが、くく、くく、くくとふくらみはじめました。

すると、ピンクの雲は、ふたりをのせたまま、ふわりとうき上がって、つぎつぎにサクラの木にかぶさっては、とびつづけました。

サクラなみ木から、くくくくとわらうような、かわいい声がたちのぼり、川の水はうれしそうに、さらさら音を立てて流れていきます。土手《どて》はすっかり、うすべに色にそまりました。

「まあ、これなら、今年のサクラは、早く咲きそうね」

「ぼくが一年生になるのも、早くなる

のかなあ」

「ふふ、それはむりよ」

ふたりをのせた雲は、ひゅうんとUターンすると、スピードをあげてとびはじめました。

「春のおてつだいは、おしまいのようね」

「きもちよかったね。あっ、バァバ、お家へかえってきたよ」

ピンクの雲は、ふわり、ふわり、にわの上をせんかいしながら、おりていき、サクラ草の花の中に、ぷしゅうと、すいこまれていきました。

タァタとバァバは、いつのまにか、草とり用のシャベルをもったまま、なかよくベンチにこしかけていました。

そよ風は、あいかわらず、やさしくほほをなでていきます。ふたりはちょっとつかれて、ベンチにもたれて、いねむりをはじめました。

おにぎりパーティ

タァタとバァバは、こうえんに来ました。こうえんの中には、大きな池《いけ》があって、白やむらさきのアヤメが、たくさん咲いています。

「タァタ、池のそばのベンチで、おひるにしましょ」

ママのつくってくれた、おにぎりべんとうの入ったふくろを、バァバはうれしそうにもち上げました。

池のまわりは、大きな石や木でかこまれていて、水鳥《みずとり》や、よく見ると小さな魚もおよいでいます。

「ぼく、サケのおにぎり、だァいすき」

タァタは口いっぱいほおばりながら、足をぶらぶらさせました。

「バァバもよ。でも糸こんぶもおいしいわ」

バァバは水とうから、お茶をつぎながらいいました。

「なんて、いい日なんでしょ」

「さつきばれっていうんだよね、バァバ」

タァタが、たまごやきをつまみあげようとしたとき、ガサガサッと、おべんとうのつつみがゆれて、にゅうっと、何かのぞきました。

「きゃっ、バァバ、何かいる!」

「まあ、カメさんじゃないの」

ころんところがり出たカメが、もがきながら、くるんとおきあがりました。

「もしもしカメよ、カメさんよ、おいしいおにぎり、ほしいのね」

バァバが歌いながら、ききました。

『そうだよ。ちょっといただきたいと思うわけ。魚もすきだけど、ごはんや、パンも大こうぶつさ』

「いいよ。ママのおにぎりは世界一だからね」

『わかってますようだ。だからこうして、やっこら、やってきたわけ』

「はいはいわかりました。さ、どうぞ」

バァバがおにぎりを、はんぶんにわって、ハランの上にのせました。カメのとうさんは、うれしそうに、もぐもぐたべます。

『こどもたちにも、食べさせてやりたいな』

カメのとうさんは、食べるのをやめ

ました。

「まあ、かぞくがたくさんいるのね。いいわ、もっていってあげましょ」

バァバが、おにぎりのつつみを、ふくろにしまったとき、カメのこうらが、ぐわァんと音をたてて、大きくなっていきました。あやめ池も、どんどん大きくなります。

「ぼくたち、ちっちゃくなっちゃったんだよね」

「そのようね。タァタ早く、カメさんのせなかにのるのよ」

ふたりをのせた、カメのおとうさんは、よっこら、よっこら、歩いていきます。

池をまわって、たいらな大きい石のあるところに来たときです。バサバサッと、羽音《はおと》がして、一羽《いちわ》のカラスがとんできました。

『おい、そのふくろを、こちらへよこせ』

「だめよ。これはカメさんにあげるやくそくだもの」

カラスは、ギャッギャッカア！　とさけぶと、ふたりをのせたカメのせなかめがけて、こうげきしてきました。

『早く、こうらの中にかくれるんだっ』

ふたりは、カメのこうらの中にもぐりこみました。

カメのとうさんは、頭と足をひっこめると、かたい石のかたまりのようになりました。

カラスは何かいも、つつきにきましたが、とうとうあきらめて、とんでいってしまいました。

「もうだいじょうぶね」

ふたりはこうらから、はい出しました。

『おーい、みんな、おいで』

カメのとうさんがよぶと、あちらからもこちらからも、石のようにまるくなって、こうらぼ

していたカメたちが、頭や足を出して、あつまってきました。池からあがってくるカメもいます。

『カメのこうらは、お日さまにあたると、かたくなって、てきから身を守るんですよ』

カメのかあさんがいいました。

『さあ、おにぎりパーティだよ』

タァタとバァバをかこんで、にぎやかなパーティがはじまりました。

♪もしもしカメよ、カメさんよ
みんなの歌う声が、池のアヤメの花をゆらして、ひびきわたりました。

光のたんけんたい

タァタは、ゆめを見ました。

小川が流れている野原《のはら》で、知らない人に会いました。

『わたしが、タァタのジィジだよ』

その人は、にっこり笑っていいました。

「ぼく、とっても会いたかった。バァバも、きっと会いたいよ」

タァタはいそいでいいました。

「早く、早く、バァバのところへ行こうよ」

タァタはジィジの手を、力いっぱい引っぱりました。

『おお、タァタは力もちだねえ』

ジィジは、前のめりになりながら、うれしそうにいいました。

「バァバ、バァバ、ジィジが来たよ！」

タァタは、ジィジと走りながら呼《よ》びました。

バァバの家が見えてきました。

「バァバがまってるよ」

タァタがふりかえったとき、すぐうしろにいたジィジが、すうっと、かげのように消えて、うすぐらくなったあたりに、ほかっ、ほかっと、またたく光が一つ、すじのように流れながら、

川の方へ消えて行きました。

「ジィジ、ジィジ、どこへ行ったの！」

タァタは大声で呼びました。

「タァタ、タァタ、なにうなされているの」

バァバの声で、タァタは目をさましました。

「いま、ジィジがいたの……」

「ジィジのゆめを見てたの？」

「バァバに会いに来たのに……。光になってとんでいったの」

タァタはなきながらいいました。

バァバはちょっと考えていいました。

「そう、またジィジに会えるかもしれないわ」

「えっほんとう？　ぼく会いたい」

「バァバもよ。みんなで会いに行きましょう」

ゆびきりげんまんして、タァタはもういちどぐっすりねむりにつきました。

六月になって、バァバがいいました。

「そろそろ、ホタルがとびはじめたそうよ」

「ぼく、見に行きたい」

「町の人たちが、大切《たいせつ》に育《そだ》てたホタルよ。たくさんいるといいわね」

夕方、パパとママもいっしょに「ホタルの里」に出かけました。

見物《けんぶつ》用の木の橋が作ってあって、大ぜいの人が、かげのように動《うご》いています。

小川にそった草むらに目をこらすと、小さな光が、つうっと流れました。

「あっ、ホタルだ！」

「しっ、あんまり大きな声を出さないでね」

「わかった。ほらほら、見て、そこにも。あっ、空にいっぱいとんでる」

「きれい！」

バァバもおもわず大きな声をあげました。

「しっ！」

こんどはタァタがゆびを口にあてました。

星より明るい光が、空の中や、くらい足もとから、わくように出て、線を引いてとびまわります。

「あれっ、あの光、ちょっとちがうよ」

それはとても大きくて、すきとおるように光っていました。

草の葉にとまったまま、ほかり、ほかり、またたいて、見ていると、おいでおいで、と呼んでいるような気がします。

「あの光だ！」

「おじいちゃん」

タァタとバァバは、心の中でいっしょにさけびました。

と、光は、すうっとまい上がり、ゆっくり、ゆっくり、輪《わ》をかいてとびながら、くらい林の中に消えていきました。

「ジィジだよ」

「会えたわね」

「よかったね」

「来年も、光のたんけんたい、しましょうね」

「きっとだよ」

お魚みたいだね

「つゆあけ十日はピカピカのお天気がつづくから、土用干《どようぼ》しするのにもってこいなのよ」

バァバは梅干《うめぼ》しをざるにひろげていいます。タァタも、ひとつぶひとつぶうらがえすのを手伝《てつだ》いました。お日さまにあたるとまっ赤になります。

「わァ、すっぱそう!」

「おにぎりに入れると、おいしいのよ」

むぎわらぼうしをかぶっているのに、お日さまは二人をあぶりつづけます。

「あついなァ、バァバ、水あびしようよ」

「ビニールに水を入れてあげるわ」

「ぼく、ほんとは海に行きたいな」

「今日はむりよ。プールでがまんしてね」

バァバは、しぼんだプールをひっぱりだすと、ポンプで空気《くうき》を入れはじめました。

ビニールプールは、空の色と同じまっ青な海に、白い雲が浮かび、ヨットが走っています。

「ほら、どんどん海になっていくわ」

バァバが汗《あせ》をふきふき、シュッシュッとポンプをおしていると、遠《とお》くから、どどん、どどんと音が聞《き》こえてきました。たっぷん、ぴちゃっと、水がはねる音もします。

「ほんとの海みたい」

タァタがプールに足を入れたとたん、ざざざァ、と波《なみ》があふれて、庭《にわ》にどんどんひろがって、海岸になりました。砂浜《すなはま》ができ、波のよせる海岸になりました。たくさんの人が海水浴《かいすいよく》をしています。

「バァバ、海へ来ちゃったね」

「ほんものの海だわ」

二人は波うちぎわに走っていきました。

「きもちいいね。ぼく泳《およ》いでもいい?」

「バァバも泳ぐわ」

二人は、クロールやバタフライで泳ぎます。

「バァバ、泳げなかったんじゃない?」

「ほんと、いつ泳げるようになったのかしら」

バァバはうれしそうに足を動《うご》かしています。

「ぼくもほら、こんなに早く泳げるよ」

「きょうそうしましょうか」

「よーい、ドーン」

二人は夢中《むちゅう》で泳ぎます。

『魚みたいだねえ、きみたち』

どこからか声が聞こえました。二人はびっくりして、海の中に顔をつっこみました。すぐそばに、たくさんの魚が泳いでいます。

「バァバと水泳《すいえい》きょうそうしてるんだよ」

『ぼくたちも入れてよ』

「タァタは、水泳教室のチャンピオンよ」

バァバは自分のことのようにいばりました。

『ぼくたち魚には負《ま》けるさ』

「あのハタのところまで。よーい、ドーン」

またきょうそうのはじまりです。

さきになったり、あとになったり、むちゅうで泳ぎます。

「あっ、いたい！　足が……、足が……」

「たいへんだ！　バァバがおぼれてるっ」

すると、魚たちが一つにかたまったと思うと、バァバを乗《の》せて、岸《きし》に向かって泳ぎだしました。

タァタもいっしょうけんめい泳いでついていきました。

「魚さん、ありがとう。足がこむらがえりしちゃったの」

『タァタにはびっくりしたなァ。ぼくたち魚より早いんだもの』

「ぼくだってびっくりしてるよ。こんなに泳げるなんて、自分でも知らなかったもの」

タァタは、バァバを乗せていく魚たちについて泳ぎながらいいました。

バァバが歌いだしました。

♪海はひろいな　大きいな
　月はのぼるし　日がしずむ
タァタと魚たちも歌います。
♪海にお船《ふね》を浮かばせて
　行ってみたいな、よその国
　砂浜にバァバをおろすと、魚たちは
海の中に帰っていきました。
　遠くのヨットの白い帆《ほ》が、一つまた
一つと水平線《すいへいせん》にきえていきます。
いつのまにか、砂浜は庭にかわって、
タァタとバァバは、ビニールプールの
中にねそべって、こうら干しをしてい
ました。

クモのブランコ

バァバは、今日も庭《にわ》の草取《くさと》りをしています。タァタは植《う》えこみの中をたんけんちゅうです。

♪たんけんたい、たんけんたい。タァタとバァバのたんけんたい
ひさしぶりに、たんけんたいの歌が聞こえています。

「まあまあ、わたしもたんけんしなくちゃ」

バァバが、どっこいしょと立ち上がったとき、

「きゃっ！　クモだァ」

タァタの声です。

「おやおや、クモがこわくちゃ、たんけんたいはしっかくね」

バァバは植えこみをのぞきこみました。

「わァ、ク、ク、クモだわっ」

ツバキの枝にかかったクモの巣《す》に、大きなクモがいて、タァタが巣のはしっこにぶらさがってもがいています。

バァバは大いそぎで巣に近づきました。

下から見上げると、天までとどきそうなツバキの木に、大きなラッカサンのようなクモの巣です。バァバは自分もクモより小さくなったことがわかりました。

「タァタ、すぐたすけてあげるから、じっとしているのよ」

バァバはツバキの木にしがみつくと、のぼりはじめました。小さなバァバは大きな木にはりついたセミのように見えました。

『さっきからうるさいと思ったら、そこにぶらさがっているのは、だれだい』

ねむそうなしゃがれ声が聞こえました。

「ぼくタァタだよ。クモの巣にさわったとたん、くっついちゃったんだ。ぼくなにもしないから、たすけて!」

タァタは泣きだしました。

『ふん、タァタってか。おまえもクモがきらいなんだな』

「そ、そんなことないよ。あんまりすきってわけじゃないけど」

『やれやれ、おんなじことだな。クモはこわい顔してるし。体もきみわるいってんだろ』

「ゆるしてよ。もう、そんなことといわない。ぜったいに」

『何もしないさ。人間《にんげん》はわしらの食べ物じゃないよ』

「タァタ、タァタ、だいじょうぶ？　バァバがたすけに来たわ」

「バァバ！　ぼく、クモさんと話したよ」

「まあ、クモさん、あなたが巣をつくってるの知ってたけど、とらなかったのよ。あなたも生きていかなくっちゃならないものね。でもタァタのことはゆるしてね。あなたのおうちにひっかかっちゃったけど」

『こんなすがたをしてるから、みんなにきらわれて、いやになるよ。人間には役に立ってるつもりなのにさ』

「目にみえるもので、いいとかわるいとか、きめたらだめって、いつもいってるけど、やっぱりバァバも見かけで、きらいって思っちゃって。いけないことよね、はずかしいわ」

『まあいいさ。だれだって、すききら

いはあるからな』

クモが長い足をふるっとのばして、すっと巣からはなれると、空中にぶら下がって、ゆらゆらゆれながら、巣にひっかかっているタァタのそばに来ました。

タァタはちょっと身がまえましたが、手をそっとクモに向かってさしだしました。

『よしよし、そのちょうし。わしの足にしっかりつかまるんだよ』

クモがいきおいをつけて、ふわっと空中にとび上がり、タァタをぶら下げたまま、ゆれながら下におりて行きます。

「あら、まって！　わたしもつれてってェ」

バァバはひっしで、クモのせなかに、とびつきました。

ぶらりぶらり、クモのブランコはゆれながら、ツバキの木の下に向かっておりていきます。

糸はお日さまの光をうけて、まぶしいほどに光りました。

「クモさんの黒い体の中から、こんなきれいな銀色《ぎんいろ》の糸が出てくるんだね」

タァタは感心して、バァバにいいました。

♪しらとりは……

♪しらとりは　かなしからずや
　そらのあお　うみのあおにも
　　そまずただよう
バァバの、ちょっときどった歌声《うたごえ》が、えんがわから聞こえてきました。

「しらとりはかなしからずやって、どういうこと?」

タァタがさっそく走って来ました。

「ほら、まっ青な空に、ふわっと白い雲が浮《う》かんでいるでしょ。見ていたら、昔《むかし》の歌を思い出したのよ」

「雲が、しらとりなの?」

「しらとりはハクチョウのことよ。大きな白い鳥、タァタも知ってるでしょ」

「ぼく、みにくいアヒルの子の話、知ってるよ。小さいとき、アヒルの子とちがう色だったので、みんなにいじめられるけど、大きくなって、まっ白な美しいハクチョウになって、仲間《なかま》と飛《と》んでいくんだよね」

「アンデルセンの童話《どうわ》はバァバも大好き」

「それでさあ、どうしてしらとりはかなしいの」

「牧水《ぼくすい》って人の歌でね、かなしからずやっていうのは、かなしくないのかなあって、牧水が思

うわけ。自分は、こんなに美しい青い空や海をみていると、何だかかなしくなるほど心が動《うご》くのになあ、と思ったのね。むつかしい気持《きも》ちで、バァバにもよくわからないけど」

「ぼくも歌いたい。バァバ教えて」

♪しらとりは　かなしからずや
そらのあお　うみのあおにも
そまずただよう

ふたりは高い空に向かって、なんども歌いました。

青い空に浮かんだ白い雲は、くっついたりはなれたり、いろんな形《かたち》に姿《すがた》を変《か》えながら流れていきます。

見ていると、大きな雲のはしが、ぶるっと身をふるわせてはなれました。ふんわりした、そのかたまりの一方がするするとのびて、大きな白い鳥の姿になりました。

「ハクチョウだ」「スワンのかたちね」

さけんだとたん、タァタとバァバは

ハクチョウのせなかの上にいました。

まわりは青一色、空なのか海なのかわかりません。まっ白なハクチョウは、ゆっくり首を動かしながら静かに流れて行きます。

上を見ても下を見ても、何もありません。ただどこまでも青い世界《せかい》が広がっています。

ハクチョウは、それでもまっ白で、白いかたまりのように流れていきます。

タァタはバァバを見ました。バァバもタァタを見ました。青く染《そ》まっていません。ふたりは、変わらない自分たちを見て、ほっとしました。

「バァバ、青い光の中で、きれいに見えるよ」

「タァタも天使《てんし》みたいに、かわいいわ」

ふたりは、うふっと首をすくめました。

「こんなになんにもなくて、それでも、

ぎっしりつまってるかんじって、ふしぎねえ」

「空を飛ぶと、いつも下がよく見えたよね。きょうは青いだけだね」

静《しず》かに流れていくハクチョウの上で、ふたりも、だまって青い中を流れていきました。

タァタの心の中に、パパやママの姿が浮かびました。笑いながら手をふって遠《とお》ざかっていきます。友だちも大勢《おおぜい》います。

バァバの心の中にも、昔の小さな女の子だったころの姿が思い出されました。お父さんやお母さん、お兄さんやお姉さんもいます。

「あのころは楽しかったわ。にぎやかだったし。長い間には、悲しいことも、おそろしいこともいっぱいあった……」

ふたりは眠《ねむ》ったように目をとじて、青い中を流れていきました。心の中をたんけんしているみたいに、いろんな思いが、浮かんでは消えていきました。

しばらくすると、楽しい気持ちや悲しい気持ちがまざっていって、何も考えなくてもいいような、まっ白な心になっていきました。

ふたりは、小さな声で歌いました。

♪しらとりは　かなしからずや
　そらのあお　うみのあおにも
　そまずただよう

こぶぶえ　ならそ

「まあまあ、スズメが入って来たわ」

えんがわで日なたぼっこのバァバの声がします。タァタはそっとのぞきました。

「いつもパンくずやお米をまいてるから、なれてきたんだね」

タァタはスズメにさわりたくてたまりません。近づいて手をのばしました。

ぱたぱたっと、スズメはとび上がり、庭《にわ》に逃《に》げてしまいました。

「タァタ、おどかしちゃだめよ。もうすこし見ていたかったのに」

バァバが口をとがらせました。

「見てバァバ、スズメがいっぱいいるよ」

タァタのゆびさした電線《でんせん》に、十五、六羽《わ》のスズメが一れつに並んで、足ぶみしたり、首をくるくるまわしたりしています。

「おーい、スズメさん、おやつあげるよ」

タァタの声が空にひびきました。

ちちっ、ちちっ、いっせいに飛《と》び立ったスズメたちが、庭先《にわさき》いっぱいにおりてきました。

「バァバ、早く早くパンくず持《も》ってきて」

タァタとバァバはむちゅうで、パンをちぎったり、せんべいをくだいたりして、スズメたちにやりました。

一羽のスズメが、ちょんちょんはねて、えんがわにとびあがると、タァタのかたにとまりました。タァタはうれしくて、かたをそっとバァバにむけました。

「ほら、とまったよ」

するとつぎつぎにスズメたちが、タァタの頭や、バァバのかたにとまります。

「うひゃあ、くすぐったいよォ」

「まあ、スズメさん、頭の上でふんしないで」

タァタとバァバは大さわぎ。

『さぁ、ぼくたちと、いっしょに来てね』

大きなスズメが、さっとタァタとバァバをせなかに乗《の》せて、空にまい上がりました。

ちちっちちっ、じゅっじゅっ、仲間《なかま》もいっせいにとび上がり、むれをつくって飛んでいきます。

「どこにいくのかなァ」

タァタがつぶやくと、くるっとふりむいたスズメは、ちちちと笑いながらいいました。

『いつも、たべものをいただく、おれいです』

飛んでいくうちに、こんもりしげった森が見えてきました。

スズメたちはさえずりながら、一本の大きな木に、つぎつぎにとまりました。みどりの枝がゆれて、お日さまに光ります。

『あそこに、イスノキがあります』

「あああの、ヒョンノキのことね」

「それってなあに」

『イスムシがつくる、こぶであそびます』

「知ってるわ、ふえになるのよね」

バァバが、子どもみたいな顔になりました。

スズメたちはイスノキにとんでいきました。

ちゅくちゅくなきながら、イスノキのこぶのついた葉を、口にくわえてとんでくると、フィー、プールルとふえをならしはじめました。

大きなスズメが、こぶぶえの葉をくわえて、タァタとバァバにくれました。

「ヒョンノキであそぶなんて何年ぶりかしら」

バァバが、イス虫のつくった、こぶぶえに口をあてると、ヒーヒョロ、ヒューリロ、ヒーヒョロ、ヒューリロ、たのしい音楽《おんがく》が流れだしました。

「ぼくにもできるかな」

タァタも口にあてて、そっと吹きました。

フヒー、ヒヒー、ヒョーヒョー
ちょっとおかしな音がでました。
スズメたちもまけずにならします。
♪ピーヒョロ、ヒュルル
　チュン、チュン、ジュルル
青い空に、楽しい歌がひびきます。
タァタもバァバもむちゅうでならしました。
「すっかりわすれていたあそびよ」
「こういうのはじめて、バァバもっといろいろおもいだして、あそび方おしえてね」
　スズメたちもうれしそうに、首をかしげたり、足をあげたりしながら、チュンチュク歌ったり、こぶぶえをふいたりして、いつまでも音楽会はつづきました。

うんちくん　こんにちは

「ああ、春ねえ。いそがしくなるわ」

バァバはにこにこしながら、畑《はたけ》仕事《しごと》をはじめました。

「ぼくにもやらせて」

タァタは、半分に切ったジャガイモに、わらばいをつけます。

「ほら、このうねにおいていくのよ」

ふたりは、ふかふかの土の中に、ジャガイモの種《たね》を植《う》えつけます。

「冬中、たいひをかさねておいたから、いい土になったこと」

バァバはまんぞくそうに土をたがやします。

バァバがひめいをあげました。タァタがふりむくと、どこにもバァバはいません。

「わっ、わァ！」

「バァバ、どこなの？」

かけつけたタァタも、

「ひゃあ！」

大声をあげながら、畑の中に落ちていきました。

土の中は、すべり台のようなトンネルになっています。目をこらすと、バァバが大きなおしりをあちこちぶつけながら、すべっていきます。

「まってよォ、バァバ」

タァタがやっとおいついたとき、目の前がぐわんとひらけて、大きなへやに出ました。

ぐにゃぐにゃした生きものがいっぱいいて、波《なみ》のように動《うご》いています。

「ミミズだわ」

「きもちわるいよォ」

ふたりはぼう立ちになって見つめました。大きなミミズが、ヘビのように頭をもたげると、くねくねとはってきます。

『タァタとバァバのたんけんたい、ミミズの国へようこそ』

くるくる頭をまわしながら、ミミズがあいさつをしました。

「こ、こんにちは」

ふたりはふるえながら声をそろえました。

『バァバがたいひや、やさいくずを土に入れてくれたので、ミミズ工場《こうじょう》は

大いそがしです。見学《けんがく》していってください』

ミミズはくねくねはって、タァタとバァバをあんないします。

かぞえきれないほどのミミズたちが、なにかをもぐもぐ食べては、おしりからふんを出しています。

「うんちだよ……ね」

タァタがバァバにささやきました。

『わたしたちのふんは、上等《じょうとう》な土になるんです』

ミミズがとくいそうにいいました。

「そうよね。ミミズさんたちがせっせとたいひを食べて、ふわふわの畑にしてくれるのね」

バァバは手を合わせてかんしゃしました。

『おたがいさまです。わたしたちも食べものがなくなっちゃ、生きていけませんから』

「ぼくさあ、毎日、うんちくんバイバ

イってトイレで流しちゃうけど、ミミズくんのうんちは大切なんだよね」

『ミミズだけじゃないですよ。いろんな生きものが、おたがいさまで、たすけあって生きているんです』

「おかげで、バァバの畑も、やさいやお花がりっぱに育《そだ》つわ」

「ぼく、これから、うんちくんバイバイじゃなくて、うんちくんこんにちはっていうよ」

ミミズたちのうねりが、どんどん大きくなると、地下工場《ちかこうじょう》が、ぼわあんともち上がって、
気づくと、タァタとバァバはジャガイモ畑に、しりもちをついていました。

「さあ、ホウレン草とコマツナの種をまかなくっちゃ」

タァタとバァバは、ふんわりもり上がった畑のうねに、種をていねいにまいていきました。

春のお日さまが、ふたりのせなかを照《て》らしています。

♪もうはるですね　春ですよ
ふたりの歌声《うたごえ》が、高く高く青空にひびきわたりました。

ジャノメでおむかえ

♪雨　雨　ふれふれ　かあさんが
　ジャノメで　おむかえ　うれしいな
　ピチピチ　チャプチャプ　ランランラン
バァバが楽しそうに歌っています。

「ジャノメってなあに、雨なのに楽しいの」

「雨にさすカサのことよ。今はビニールや布のこうもりガサだけれど、昔は木の骨《ほね》に紙をはって作ったカサをさしていたのよ」

「やぶけたりしないの？」

「じょうぶな紙に油《あぶら》をぬってあるから。水をはじいて、いい音がしたわねえ」

「バァバもジャノメガサをさしたの？」

「小さな日ガサをもっていたわ。色紙《いろがみ》に花やチョウのもようが描《か》いてあって、おどりに使ったりしたのよ」

バァバは手をくるくるまわしました。

「そうだ、昔のカサが、どこかにあったっけ」

バァバは物置《ものおき》に入っていきました。

「タァタ見て、わっ、ほこりだらけ」

バァバが紙づつみをほどくと、見なれない形のカサが出てきました。バリバリとやぶれそうな音を立ててひらいたのは、大きなジャノメで、バァバのお母さんが使ったものでした。赤くぬった小さいカサもありました。

タァタがひろげると、ぷうんと油のにおいがして、きれいなもようのカサでした。

「お祭りで買ってもらったのよ」

バァバはなつかしそうに、くるくると絵日《え》ガサをまわしました。

「あれっ雨がやんでる。お日さまが出てるよ」

庭《にわ》に走り出たタァタは、大きな木の下に立っている女の子を見つけて、立ちすくみました。その子は、花もようのキモノに、赤いへこおびを、せなかでちょうむすびにして、おかっぱのかみには、黄色いリボンをつけています。

そして、赤いはなおのゲタをはいて、

絵日ガサをくるくるまわしながら立っていました。

「きみだあれ？」

『なおこよ。あなたはだあれ？』

「ぼくタァタ。バァバの……あっ、バァバもなおこって名前《なまえ》だよ」

『そう。ほら、あそこにみんながいるわ』

女の子が指《ゆび》さす方を見ると、庭がずいぶんひろがっていて、おおぜいの子どもたちがいます。木の下にむしろをしいて、女の子たちが、ままごとやお手玉をしています。男の子たちは、小さい子から大きい子までいっしょになって、わいわいあそんでいます。

タァタが近づくと、メンコをしている男の子たちが、いっせいにふりむきました。

『おまえも入れ』

大きい子がいいました。

『ほら、これかしたるで、やってみな』

タァタはうれしくなって、なかまに入りました。しばらくすると、また大きい子が、

『おおい、かくれんぼするぞ』

と、さけびました。男の子も女の子も走って来て、大きな輪《わ》になりました。男の子が、ひとりずつ指さしながら歌いました。

♪いっちくどっちくどうのうめ
いやもってどっちがいい
てんじんさまのおっしゃるとおりがよかろうか
ことばのさいごがタァタにあたりました。

『おまえがオニだから、あの木の下で二十かぞえてから、みんなをさがせ。できるか？』

タァタはこっくりして、木の下で目をつむって、いち、にい、さん、と数《かぞ》えだしました。

『わあい』

みんなはどこにかくれようかと、走りまわっているようすがせなかでわかります。

「じゅうく、にじゅう」

タァタがふりむくと、あれっ、さっきのひろばが消えていて、もとのバァバの庭でした。

「タァタ、雨にぬれるわ。もどってらっしゃい」

ジャノメをさしたバァバがよんでいます。

♪ジャノメでおむかえ　うれしいな
ピチピチ　チャプチャプ
ランランラン
タァタは歌いながら、走ってかえりました。

小林　玲子（こばやし・れいこ）

愛知県碧南市に育つ。愛知県西尾市在住。
作品『西尾の民話』（共著）
　　『サケの子ピッチ』
　　『白いブーツの子犬』
　　『海辺のそよ風』（中経新聞コラム集）
　　『みぐりちゃんのおうち』（ミュージカル脚本）
　　その他

牧野　照美（まきの・てるみ）

岐阜県瑞浪市に生まれる。愛知県西尾市在住。
建築士の資格を持つ。
作品『はずの民話』『むかしむかしはずの里』（絵と文。共著）
　　『消えたクロ』（絵本。牧野・絵、小林・文）
　　『幡豆町史』の編集を担当。

タァタとバァバのたんけんたい 1

2015 年 12 月 25 日　初版発行

＊

著　者――――小林玲子
挿絵・装画――牧野照美
装　丁――――狭山トオル
組　版――――マートル舎
制作協力―――永島　卓〈アトリエ出版企画〉
発行者――――鈴木　誠
発行所――――（株）れんが書房新社
〒 160-0008　東京都新宿区三栄町 10　日鉄四谷コーポ 106
電話 03-3358-7531　FAX03-3358-7532　振替 00170-4-130349
印刷・製本――モリモト印刷＋新晃社
